La fabuleuse histoire de ma famille ~~parfaite~~ RELOUE

W0277939

L'auteur

Après avoir longuement hésité entre une carrière d'astronaute et d'écrivain à succès, **Edgard Nelson** a décidé de jouer son destin à pile ou face. Depuis, il écrit dans la lande au milieu de ses moutons et s'inspire de ses rencontres avec les touristes pour imaginer des histoires hautes en couleur.

EDGARD NELSON

La fabuleuse histoire de ma famille ~~parfaite~~ RELOUE

Traduit de l'anglais (Royaume-Uni)
par Guillaume François

POCKET JEUNESSE
PKJ·

Titre original :
Un(Happy) Family

Loi n°49956 du 16 juillet 1949 sur les publications destinées à la jeunesse : juin 2019

© 2019, Working Partners Limited
© 2019, Pocket Jeunesse, département d'Univers Poche pour la traduction française et la présente édition.

ISBN : 978-2-266-26860-8

Dépôt légal : juin 2019

CHAPITRE PREMIER

CHLOÉ

En sortant de la voiture, je ne sentais plus mes jambes. Après avoir passé la nuit entière coincée à l'arrière du véhicule, je me demandais même si j'étais encore capable de marcher. Mais peu importe, on était enfin au fameux *bed and breakfast* de Kelder Island ! À dire vrai, il était tout miteux et les murs tenaient encore debout par je ne sais quel miracle, mais moi je trouvais ça super excitant. Imaginez un peu, passer la nuit dans une vieille maison chargée d'histoire, avec en toile de fond les vagues et les mouettes... Quelle aventure ! Et même si le séjour tournait au drame, pas grave. Après tout, on ne restait qu'une petite nuit. Et puis franchement, qu'est-ce qui pouvait bien nous arriver sur une île quasi déserte ?

— Sérieux ? C'est là qu'on va dormir ?

Ça, c'est Tab, ma nouvelle « sœur » américaine. Vêtue de noir de la tête aux pieds (cheveux compris), elle s'est dirigée d'un pas décidé vers le mur de la bâtisse et en a détaché un morceau de plâtre qu'elle a brandi devant les yeux de sa mère. Puis elle a inspecté le cadre d'une fenêtre en décomposition avant de sortir sa tablette de son sac à dos.

— Tiens, ça, c'est de la pourriture cubique, a-t-elle dit après une pause. On peut pas rester là. La maison va nous tomber dessus cette nuit et nous enterrer vivants. Faut qu'on parte d'ici.

Se faire enterrer vivants, c'est sûr qu'on a vu mieux comme aventure… Cependant, ça n'a pas suffi à faire retomber mon enthousiasme.

— Oh ! ne t'inquiète pas, lui ai-je répondu en essayant de la rassurer. Je ne vois pas pourquoi ça s'écroulerait maintenant.

Le regard qu'elle m'a lancé à travers sa frange aurait pu tuer un mort-vivant.

Tab était ma nouvelle sœur depuis douze heures. Jusque-là, elle ne m'avait pas vraiment fait grande impression. Manifestement, elle n'était ni du matin ni du soir. Et pas de la nuit non plus… Qui sait, peut-être qu'elle serait plus aimable l'après-midi ? En même temps, passer la nuit dans une voiture pleine à craquer n'était pas la meilleure façon de débuter le séjour. Vous auriez dû nous voir avec nos manteaux et nos sacs en guise de couvertures et d'oreillers ! On était censés arriver au gîte le soir, directement de l'aéroport où on avait récupéré Marie et sa famille. Seulement, papa avait oublié qu'on ne pouvait emprunter la route de l'île qu'à marée basse… Heureusement, très tôt ce matin, pour se rattraper, il nous a emmenés dans un café et on a mangé un super petit-déjeuner anglais, avec bacon, saucisses, œufs frits… Ça nous a bien requinqués. Je dis « nous », mais Tab s'est contentée de regarder son sandwich à l'œuf en se plaignant qu'il était trop gras.

— Nous y voilà enfin, a dit mon père en prenant une grande bouffée d'air marin.

Derrière lui, ma grande sœur Lola et mon grand frère Paul observaient la maison, tout comme les frères de Tab, Quentin, Simon et Dylan. Notre chien Milo courait autour de la voiture, heureux de pouvoir enfin se dégourdir les pattes, surtout après être resté enfermé aussi longtemps.

— Tous ces souvenirs qui me reviennent..., a continué mon père d'une voix rêveuse.

— C'est se souvenir des horaires des marées qui aurait été plus utile, a marmonné Tab.

La petite amie de mon père, Marie, a passé la main dans ses cheveux ondulés et a rajusté sa longue robe violette. Les perles rouges et bleues de ses bracelets ont tintinnabulé. Elle a passé un bras autour de la taille de papa pour admirer le vieux gîte sous la lumière naissante du matin. Ils étaient beaux à voir. J'avais vraiment envie que ça marche entre eux. Cette nuit horrible m'avait fait prendre conscience que ça allait être difficile, mais maintenant que la maison était là, devant nous, et que le soleil perçait timidement derrière les nuages, j'y croyais très fort.

Tab s'est dirigée vers Marie et a claqué des doigts sous son nez.

— Allô ? Tu entends ce que je te dis, maman ? C'est dangereux comme endroit.

— Ce bâtiment est debout depuis plus de cent ans, a rétorqué papa. Il ne va pas s'effondrer maintenant.

— Qu'est-ce que je disais ! me suis-je exclamée. C'est du solide !

J'ai eu droit à un autre regard tueur-de-zombie.

Papa s'est avancé pour poser la main sur le mur, et c'est à cet instant qu'une tuile a glissé du toit et s'est écrasée au sol en mille morceaux.

— Qu'est-ce que je disais ! s'est moquée Tab en posant les mains sur les hanches.

Les jumeaux, Simon et Dylan, ont pouffé et se sont mis à taper dans le mur en espérant déloger d'autres tuiles. Ils étaient tellement mignons avec leurs cheveux courts et leurs vestes bleues assorties que je devais me retenir de leur caresser la tête en permanence.

L'avantage avec cette nouvelle famille, c'était que je n'étais plus la petite dernière. Fini le temps où on me prenait pour un bébé. Les jumeaux et Quentin étaient tous plus jeunes que moi. À leur tour d'être les souffre-douleurs.

— Je dois admettre que les fissures commencent à se voir un peu, a reconnu mon père.

— Tu parles de la maison ou de notre nouvelle famille ? a répliqué Tab du tac au tac.

J'ai eu un rire forcé, parce que Tab devait plaisanter. Cependant, j'étais bien la seule et le malaise déjà présent n'a fait que grandir.

Jusque-là, tous mes efforts pour détendre l'atmosphère avaient été vains. Dans la voiture, j'avais essayé de faire chanter tout le monde sur *Hello, Goodbye* des Beatles. Je trouvais cette chanson amusante, avec ses « *you say goodbye, and I say hello* » et « *you say yes, I say no* ». Mais pour les jumeaux, le refrain c'était plutôt : « Quand est-ce qu'on arrive ? » J'ai fini par abandonner quand Tab m'a demandé d'arrêter de me prendre pour une maîtresse d'école.

Marie a sorti une immense valise du coffre. Comme ce n'était pas possible de la faire rouler sur les graviers, elle a dû la porter à bout de bras tant bien que mal. Je m'attendais à voir Tab se précipiter pour l'aider, mais elle a gardé les yeux rivés sur sa tablette.

Papa est passé devant moi avec un sac de linge plus gros que lui. Il a posé son fardeau devant la porte et a sorti un trousseau de clefs de sa poche.

— Prems ! a crié Simon en courant vers la porte.

— Deuze ! a renchéri Dylan en courant vers la porte.

— Attendez-moi ! ai-je crié en courant vers la porte.

Aussi loin que je me souvienne, j'ai toujours entendu papa parler du « *bed and breakfast* de Kelder Island ». Je méritais d'entrer la première. Mais Milo n'a rien trouvé de mieux à faire que de passer entre mes jambes. Résultat : je me suis vautrée sur le sol mouillé. Génial !

La bonne nouvelle, c'est que cette chute imprévue a fait rire tout le monde. Bien plus que mes blagues.

La moins bonne, c'est que mon jean était trempé.

Lola a levé les yeux de son téléphone et a marmonné un : « Bien joué, Chloé ! » avant d'être à nouveau absorbée par son écran. J'ai essayé d'en rire. Une fois de plus.

Le temps que je me relève et que je retire les petits cailloux collés à mes manches, tout le monde s'était massé devant la porte. Argh ! Je voulais être la première à voir ! Je me suis mise sur la pointe des pieds. Papa passait ses clefs en revue. Il y avait une photo du *bed and breakfast*, du temps où il était encore ouvert au public, accrochée à son trousseau. C'était beaucoup plus joli sur la photo qu'en vrai. Un peu comme Lola derrière ses filtres Instagram.

Papa a introduit la clef dans la serrure et l'a tournée. La porte n'a pas bougé. Il a insisté et forcé, sans succès.

— Patience, a-t-il dit en grimaçant. Elle est un peu capricieuse après être restée sans bouger tout ce temps.

— Comme moi cette nuit, dans cette voiture puante, a raillé Tab. Non, en fait c'était vraiment génial, quand est-ce qu'on remet ça ?

Cette fois, c'était à mon tour de lui faire les gros yeux. Ce n'était pas sympa d'enfoncer le clou. À croire qu'elle le faisait exprès.

— On ne t'en veut pas d'avoir oublié pour la marée, papa, lui ai-je dit. Tu étais petit quand tu vivais ici, tu ne peux pas te souvenir de tout.

Tab a soufflé de dédain et Marie lui a pris la main.

— Essaie d'être un peu positive, mon sucre d'orge.

« Mon sucre d'orge » ? C'était ça, le surnom de Tab ? Elle n'avait pourtant rien d'une sucrerie. Remarquez, je suis sûre qu'elle pouvait donner des caries si on la fréquentait trop souvent. Je l'imaginais très bien traîner avec les filles populaires du collège, celles qui se moquaient de mes vêtements bariolés.

J'ai proposé à papa de l'aider à ouvrir la porte. Pour rendre service, mais surtout parce que si j'y arrivais, je serais la première à entrer…

— Je vais m'en sortir, a-t-il répondu en s'accroupissant pour examiner la serrure.

— Oui, mais nous, ce qu'on voudrait, c'est plutôt entrer, a plaisanté Tab

— Attends, est intervenue Marie. Je vais tenter de pousser avec l'épaule pendant que tu tournes.

De son côté, Paul a observé la façade avec attention et a repéré une fenêtre ouverte au premier étage.

— Je peux m'introduire à l'intérieur, a-t-il dit. Il suffit d'escalader.

Mon frère était déjà presque aussi grand que papa, il mesurait pratiquement un mètre quatre-vingts. Il avait les cheveux coupés court et portait une veste militaire avec un pantalon treillis.

Il s'est tourné vers les jumeaux.

— Eh, les nains, faites-moi la courte échelle !

— D'accord, s'est réjoui Simon.

Il a sorti son inhalateur pour en prendre une bouffée puis s'est posté près de la bâtisse.

— Ça a l'air un peu dangereux, s'est inquiété Dylan.

— Oh ! j'ai escaladé des murs bien plus hauts que ça, a assuré mon frère en zippant sa veste. Allez, ne fais pas ta poule mouillée.

— Hé ! Tu insultes pas mon frère ! a hurlé Simon en toisant Paul.

Il avait beau être minuscule, il n'était pas impressionné.

— Laissez-moi faire, les a interrompus Quentin. Je vais trouver un tutoriel pour crocheter la serrure.

Il a remonté ses épaisses lunettes sur son nez et sorti son téléphone de sa poche.

— Attendez, ça charge…

— Houla, tout le monde se calme ! s'est écrié papa en se tournant vers nous. On ne va pas crocheter cette serrure. Et encore moins pénétrer par effraction. Je m'en occupe.

À force d'insister, la porte s'est ouverte, presque comme par magie.

— Ta daa !

— Bravo papa ! l'ai-je félicité.

— Fayote, a soufflé Tab si bas que j'ai cru avoir rêvé. C'est pas trop tôt.

Je me suis élancée pour être la première à entrer, mais Paul et Tab m'ont prise en tenaille. Elle m'a même mis un coup dans le tibia.

— Aïe !

J'ai attendu qu'elle s'excuse. Et puis j'ai compris que ça pourrait prendre des années.

L'odeur qui venait de derrière moi m'indiquait que Quentin essayait lui aussi d'entrer. On avait tous dû dormir dans nos habits de la veille, alors personne ne sentait la rose, mais chez lui, on était plus proche de la puanteur qu'autre chose.

— Du calme, a dit Marie. Pas la peine de se précipiter.

Peut-être pas pour ses enfants. Mais nous, ça faisait des années que papa nous parlait de cet endroit. C'était une part de notre héritage familial. Si les membres de la famille Vincent avaient eu un tant soit peu de respect, ils nous auraient laissés entrer les premiers.

Milo m'est de nouveau passé entre les jambes, suivi des jumeaux à quatre pattes.

Tout le monde était à l'intérieur. Sauf Lola, qui devait penser que son téléphone était plus intéressant que la maison dans laquelle avait grandi papa. J'ai fini par atteindre le seuil. Dans le grand hall d'entrée, le papier peint était vert et passé, la moquette, rouge et usée. À ma droite, une cage d'escalier à la rambarde bancale, et devant moi, la réception, avec le tableau en bois où auraient dû être accrochées les clefs des chambres. Tout était recouvert d'une épaisse couche de poussière et ça sentait le renfermé, un peu comme dans une église.

— Ah oui…

Je ne savais pas trop quoi penser de cet endroit. Tout était différent de ce que papa m'avait décrit. À force d'en parler, j'avais fini par me faire des films. Ça devait être mieux à l'époque avec la clientèle, les bruits de la vie, les odeurs de cuisine… Malgré tout, j'étais heureuse de découvrir cette maison avant qu'elle soit rasée par les promoteurs.

— Vous imaginez un peu comment ça devait être dans le temps ? ai-je commencé.

Ça a fait rire papa.

— Tu sais, Chloé, ce n'est fermé que depuis sept ans, ça ne date pas de l'Antiquité !

Les jumeaux s'étaient installés sur des tabourets près du bureau, le nez sur leur tablette. C'était un vieux modèle d'il y a deux ou trois ans, probablement hérité de Tab.

Je me suis tournée vers eux, toute guillerette :

— Hé ! Si on cherchait s'il y a déjà eu quelqu'un de célèbre qui a séjourné ici ? Un roi, une reine, un président !

Simon a immédiatement tapoté sur l'écran pendant que Dylan le fixait en se mordillant la lèvre. C'était tellement génial de les voir s'intéresser à l'histoire des lieux. Alors j'en ai rajouté :

— On pourrait aussi chercher en quelle année le bâtiment a été construit. Et si ça a toujours été un *bed and breakfast*, ou si c'était une habitation au départ.

Je suis passée de l'autre côté du comptoir pour voir l'écran. Mon enthousiasme est aussitôt retombé. Simon jouait en réalité à un jeu où il fallait faire disparaître des rangées de fruits.

— Mais... Vous ne cherchez pas ?

— Chercher quoi ? a demandé Simon sans lever les yeux de sa salade de fruits.

— Des infos sur l'histoire de la maison. Ne me dites pas que vous vous en fichez !

— Chut ! m'a interrompue Dylan. Tu vas déconcentrer Simon, il est en train de battre son record.

C'était casse-pieds, mais je n'avais pas envie de leur faire la morale. Après la nuit qu'on avait passée, pas étonnant qu'ils aient besoin de se détendre. Je ne voulais pas les prendre de haut, comme on l'avait toujours fait avec moi. Alors je me suis installée sur le tabouret à côté d'eux et j'ai sorti ma tablette de mon sac. Par réflexe, j'ai regardé s'il y avait le wi-fi, puis je me suis souvenue de l'endroit où j'étais. Si ça se trouve, ils n'avaient même pas encore d'ordinateurs quand ça a fermé, alors une connexion Internet...

Niveau réseau, j'avais entre deux et trois barres. C'était limité, mais suffisant. J'ai cherché « *bed and breakfast* Kelder Island » : aucun résultat. Sur un forum, quelqu'un parlait d'un fantôme de pêcheur qui hantait la côte et le phare près d'ici, mais je ne voyais pas trop le rapport. Pas de page Wikipédia. Peut-être que je pourrais en écrire une dans quelques jours, quand on se serait installés dans notre nouvelle maison. Papa aimerait sûrement que son enfance ne soit pas oubliée.

Les adultes ont fini de sortir tous les bagages de la voiture. Quand Marie a déposé un grand sac de draps dans l'entrée, un énorme nuage de poussière s'est soulevé.

— L'endroit a du cachet. C'est encore dans son jus.

— Un jus de chaussette qui a tourné, alors, a ronchonné Tab sans lever les yeux de sa tablette.

— Enfin, je veux dire…, a hésité Marie. C'est très… tu vois… c'est très *vintage*.

— Exactement, s'est moquée Tab. C'est vieux, ça pue et y a rien qui marche.

Papa a déposé un dernier carton dans l'entrée puis s'est avancé jusqu'à l'escalier. Il a ouvert une porte sur la gauche qui donnait sur une grande pièce aux rayonnages vides. Sûrement une bibliothèque.

— Que de souvenirs ! Je me cachais ici quand notre femme de chambre, Elizabeth, essayait de m'obliger à sortir prendre l'air.

Il a refermé la porte et s'est épousseté les mains.

— Petit à petit, j'ai appris à aimer la campagne. La pluie battante et les rafales de vent, ça a son charme. Vous verrez, les enfants.

Je pense qu'il s'attendait à une réaction de la part de Tab, de Quentin ou des jumeaux, mais ils avaient tous le nez sur leur écran. Cela dit, ce n'était pas mieux du côté de ma sœur et de mon frère. Lola devait sans doute lire les derniers messages de son horrible petit copain Sébastien, tandis que Paul était sûrement en train de dénicher des astuces sur un de ses forums pour aventuriers en herbe.

Papa a ouvert la porte suivante.

— Ah, le salon ! Je venais ici le soir pour discuter avec les clients. Ça me faisait une excuse pour ne pas aller me coucher.

J'ai pouffé, mais les autres n'ont eu aucune réaction.

— Bien sûr, ça, c'était avant les smartphones et les tablettes, à l'époque où les gens se *parlaient*.

Papa a lourdement insisté sur ce dernier mot. Je voulais dire quelque chose pour briser le silence, mais j'avais peur que les autres se moquent de moi. Comme quand je donnais une bonne réponse en classe et que toutes les filles du fond se mettaient à faire des messes basses.

— Alors, qu'est-ce que vous en pensez ? a demandé Marie à la cantonade.

Rien.

— Allô ? a renchéri papa. Y a quelqu'un ?

Toujours rien. Je me sentais mal pour lui... Je savais à quel point il voulait qu'on s'entende tous bien. Et cette vieille maison étrange aurait dû nous rapprocher. Cette fois, impossible de rester muette.

— Moi, j'aime bien. Ça a un côté mystérieux.

— Lèche-bottes, a grogné Tab.

J'aurais dû me douter qu'elle me critiquerait. J'ai pris sur moi pour ne pas répondre, parce que papa et Marie comptaient sur nous deux pour devenir les meilleures amies du monde. Le hasard avait bien fait les choses. En plus d'avoir le même âge, on était nées le même jour. Si cela ne nous aidait pas à nous rapprocher, comment est-ce que les autres pourraient avoir une chance, eux aussi ?

— Moi, je trouve que tout tombe en ruine, a dit Lola. On est dans un trou paumé. Il n'y a rien à faire. Et on capte très mal.

Elle a lancé un sourire sarcastique à papa avant de retourner à son téléphone.

— Internet se coupe tout le temps, a râlé Quentin.

— C'est à ça que tu juges un endroit ? l'a interrogé papa. En fonction de la qualité du réseau ?

— Euh, ben oui.

Simon a passé sa tablette à Dylan et a couru vers l'escalier.

— Moi, j'aime bien parce que je peux faire du parkour !

Il a bondi pour attraper un des poteaux de la rampe. La structure en bois s'est tordue dans un craquement sinistre.

— Oh, là ! a crié papa.

Dylan a regardé son frère prendre une bouffée de son inhalateur et a gloussé.

— Je peux faire mieux, a assuré Paul.

Il a sauté et a saisi le barreau le plus haut de la rampe. Cette fois, le bois a craqué tellement fort que j'ai pensé que la maison entière allait nous tomber sur la tête.

— Arrête ! a hurlé Dylan. C'est dangereux !

Paul s'est laissé retomber et s'est tourné vers lui.

— Simon vient de faire la même chose. Pourquoi ce n'est pas dangereux quand c'est lui qui le fait ?

— C'est un truc de jumeaux, a répondu Quentin. Tu peux pas comprendre.

J'avais envie de dire à tout le monde de se calmer et d'arrêter de martyriser la maison, mais Tab m'aurait encore lancé une remarque assassine. J'avais déjà eu plus que mon lot.

— Plus personne ne touche à la rampe, compris ? a ordonné papa.

— On ne passe qu'une nuit ici, je suis sûre que vous allez survivre, a ajouté Marie en dénouant son écharpe bleue pour la poser sur le bureau de réception. Demain, nous serons à la ferme.

— Super ! me suis-je exclamée.

La ferme, c'était la nouvelle maison qu'ils achetaient tous les deux. Elle se trouvait sur le continent, en sortie de ville, mais suffisamment proche de la campagne pour contenter tout le monde. Pas sûr que cela suffise. D'après ce que j'avais compris, Tab rêvait de retourner en Californie auprès de son père. Quant à ses frères, ils ne se plairaient jamais ici si leur sœur était d'humeur massacrante à longueur de journée.

Tout le monde était de nouveau happé par son téléphone. J'ai sorti ma tablette pour essayer de trouver des photos du *bed and breakfast*, mais je n'ai rien trouvé à part quelques clichés du phare le plus proche. J'étais sur le point d'essayer d'autres mots-clefs quand mon appareil m'a brusquement été retiré des mains. J'ai levé les yeux : mon père. Il l'a éteint d'un geste et l'a rangé dans un sac noir en plastique.

— Papa ! J'étais en train de regarder un truc !

— Plus maintenant.

Il a fait la même chose à Dylan, qui est resté sidéré, la bouche ouverte, comme si on l'avait privé d'oxygène.

— Qu'est-ce que tu fais ? s'est écrié Simon. C'était son meilleur score !

— Il n'aura qu'à le battre un autre jour.

Simon s'est précipité vers le sac.

— Dylan va être énervé s'il ne peut pas jouer, a dit Tab en levant les yeux de son appareil. Tu peux pas lui piquer sa tablette.

— Je peux. Et d'ailleurs, je te prends aussi la tienne.

Il a saisi celle de Tab, qui s'est tournée vers sa mère avec un air ulcéré.

— C'est pas drôle !

— Tant mieux, a rétorqué papa avant de confisquer les téléphones de Paul et Quentin. Ce n'était pas censé l'être.

Puis, il s'est arrêté devant Lola.

— Même pas en rêve ! a-t-elle protesté en levant son portable le plus haut possible au-dessus de sa tête. Les gamins peuvent s'en passer mais moi non. C'est *vital* !

Papa n'a rien écouté. Il lui a simplement chatouillé les aisselles pour lui faire baisser les bras et saisir le téléphone. C'était très malin.

— Ça me saoule, a fulminé Lola.

Papa a lâché l'appareil dans le sac noir qu'il a ensuite jeté par-dessus son épaule, comme un père Noël maléfique qui volerait les cadeaux au lieu de les offrir.

— Je ne suis pas une gamine non plus, s'est énervée Tab. J'ai besoin de ma tablette. Sinon comment je vais faire pour rester en contact avec mes amis ? Et si papa essaie de m'appeler ? Maman, dis-lui que tu n'es pas d'accord !

— Carl et moi en avons déjà discuté, a répondu Marie. Et nous pensons que c'est pour votre bien. Ce sera plus facile pour vous d'apprendre à vous connaître si vous levez le nez de vos écrans.

— C'est temporaire, a ajouté papa. Je suis sûr que vous allez survivre.

Tous les autres se sont agglutinés autour de lui pour râler, tels des joueurs de foot face à l'arbitre. Moi, je suis restée à ma place en essayant de me dire que ça irait. Peut-être que papa avait raison. Peut-être qu'on s'entendrait mieux sans écrans. Toutefois, c'était loin d'être gagné à en croire la scène que j'avais sous les yeux. Lola hurlait sur papa tandis que Marie subissait les gémissements couplés de Quentin et de Tab. Simon s'était déjà remis à sauter sur la rambarde. Quant à Dylan, il errait, les yeux hagards, en pleurnichant sur son score. Même Milo se lamentait, alors qu'il n'avait jamais eu de téléphone.

— Maintenant, ça suffit ! Je ne le répéterai pas, s'énerva papa.

D'habitude, papa est très fort pour nous faire taire. Il a été directeur d'école, alors il a de l'entraînement. Mais il faut croire que calmer des enfants qui avaient été privés d'écrans, ça dépassait ses compétences.

— ON LA FERME ! a soudain hurlé Marie.

Je n'aurais jamais cru qu'elle puisse crier comme ça. Elle qui semblait si douce avec sa robe ample et ses bracelets cliquetants.

Le brouhaha s'est arrêté ; même Milo s'est calmé. Le téléphone de Marie sonnait.

— Il faut que je réponde. C'est l'agent immobilier.

— Je vois que les règles ne sont pas les mêmes pour tout le monde, a grommelé Lola.

— Bien sûr qu'elle a le droit de garder son téléphone, a répliqué Quentin. Elle ne peut quand même pas ignorer l'agent immobilier le jour où elle achète une maison.

Marie s'est éloignée en parlant très vite et en posant des questions compliquées du genre : « Quel impact cela va-t-il avoir sur la procédure ? » ou « Et concernant les frais de notaire et l'hypothèque ? ». Je ne comprenais rien, cependant elle avait l'air assez tendue.

— Très bien, a-t-elle fini par dire. Nous arrivons au plus vite.

Elle a raccroché et s'est tournée vers papa.

— Il faut qu'on y aille tout de suite.

— C'est sérieux ?

— S'ils nous appellent à 7 heures du matin, ça ne peut qu'être sérieux. Mais on devrait pouvoir régler le problème si on se dépêche. Allez, tout le monde, en voiture !

Elle a attrapé son écharpe et l'a enroulée autour de son cou. Papa a vérifié ses poches,

Tab a secoué la tête, Lola a haussé les sourcils, Paul a attrapé le chien par le collier, Simon et Dylan ont râlé à qui mieux mieux, et Quentin... je ne sais pas, il me tournait le dos. Moi, j'ai traîné les pieds jusqu'à la porte. Encore une journée à passer dans la voiture : on n'avait vraiment pas besoin de ça. Toutefois, régler cette affaire était la priorité.

— J'espère que vous êtes tous d'humeur à chanter, ai-je lancé.

— C'est de la torture, s'est plainte Tab.

Papa s'est arrêté, nous a regardé les yeux plissés, signe d'une intense réflexion.

— Ce n'est peut-être pas la peine d'y aller tous.

Marie a hoché la tête.

— Carl et moi, on va s'occuper de ça tout seuls. Il vaut mieux que vous restiez ici.

Je n'osais pas imaginer ce qui allait se passer quand papa et Marie seraient partis. Ça allait être la guerre.

Papa a pointé Lola du doigt.

— Tu seras responsable.

— Génial...

— Je peux être responsable si elle ne veut pas, est intervenu Paul et se mettant au garde-à-vous. Je m'acquitterai de ce devoir avec honneur.

Pitié, tout sauf ça. Paul transformerait la maison en une espèce de camp d'entraînement, et on finirait tous par dormir dans des abris dans les bois en buvant du pipi d'écureuil pour survivre. Vite, j'ai tenté d'influencer la décision.

— Je suis sûre que Lola sera parfaite.

Tab a tapé dans l'épaule de Paul.

— Tu peux pas être responsable de moi, t'as que deux ans de plus.

— C'est une question de maturité, pas seulement d'âge.

— Lola a dix-sept ans, a tranché papa. Alors c'est elle la responsable. Fin de la discussion.

Paul a soupiré, Tab a râlé et Lola a fait la tête.

— On n'a qu'à être tous responsables ? ai-je proposé. On pourrait décider de ne pas être méchants les uns avec les autres et de tout partager, comme ça on n'aurait pas besoin de chef.

Gros silence.

Tab m'a regardée comme si j'avais suggéré de l'enfermer dans un placard rempli d'araignées.

— C'est une très belle idée, a dit Marie en me caressant les cheveux (peut-être qu'on continuait à me prendre de haut, finalement). Sauf que pour cette fois, c'est Lola qui vous surveillera.

— Ne vous inquiétez pas, a tenté de nous rassurer papa. On sera vite rentrés.

Même si j'essayais de faire bonne figure, je savais que ça allait mal se passer. On était tous beaucoup trop différents.

— Et on en profitera pour acheter des plats à emporter chez le traiteur chinois, a proposé papa.

— Ah oui, trop bien ! s'est écrié Simon.

Tout le monde s'est empressé de passer sa commande. Finalement, on avait bien quelque chose en commun ! C'était un début. Malheureusement, le repas, c'était dans longtemps. Avant ça, on aurait largement le temps de se disputer et de tout faire exploser, qu'il y ait des nems après ou pas. Je ne voyais qu'une solution pour éviter le pire.

Je me suis rapprochée de papa et lui ai soufflé discrètement.

— Est-ce que je peux avoir ma tablette, maintenant, s'il te plaît ?

— Merci de m'y avoir fait penser, a-t-il répondu en récupérant le sac plastique. Ça, on le garde.

Ce n'était pas possible. Je devais avoir mal compris ! Il a fallu que je me répète lentement ce qu'il venait de dire pour être sûre d'avoir bien entendu.

— Mais il faut que tu nous les rendes, tout a changé, là.

— Oui, m'a soutenue Tab (pour une fois). Tu peux pas voler nos affaires et nous abandonner ici. Ça se fait pas.

— Ça vous donnera une bonne raison de vous parler, a répliqué papa.

Tab a croisé les bras en lançant un regard assassin à sa mère. Je m'attendais presque à la voir hurler et se rouler par terre.

— Je suis sûre que ça ira pour une journée, mon sucre d'orge.

— Et s'il y a une urgence ? a demandé Lola.

Tab a sauté sur l'occasion.

— Oui ! Et si la maison s'écroule ?

Papa a fouillé dans le sac et en a ressorti le téléphone de Lola.

— Très bien, tu peux récupérer le tien. Mais ne l'utilise qu'en cas d'urgence. Ne passe pas la journée à envoyer des messages à Sébastien.

Lola a serré son téléphone contre elle comme si c'était la chose la plus précieuse au monde et nous a nargués discrètement.

Papa s'est dirigé vers la porte qu'il a tenue à Marie.

— Pas de bêtises, hein. Ne vous approchez pas des falaises en face. Les rochers sont très glissants. Je préfère que vous restiez à l'intérieur, après tout, la maison est suffisamment grande pour vous tous. Vous n'avez qu'à explorer.

— Soyez sages, a ajouté Marie en lui emboîtant le pas. On sera rentrés ce soir.

Et ils sont partis. Comme ça.

On s'est tous regardés en silence. Je me suis dit qu'il fallait que je reste positive, alors j'ai souri. Mais c'était difficile. On venait d'être abandonnés, seuls dans une maison en ruine au beau milieu d'une île isolée. Il faisait froid. Je n'avais pas ma tablette. Personne ne serait là pour nous empêcher de nous entre-tuer. Même en supposant que la maison ne s'écroule pas, je n'étais pas sûre qu'on passe la journée.

CHAPITRE DEUX

TAB

Il y a dû y avoir, je sais pas moi… un million de gros silences super gênants depuis que j'ai rencontré ma nouvelle famille. Or celui-là, c'était le pire. Par réflexe, j'ai voulu prendre ma tablette dans mon sac. Mais bien sûr, elle n'y était pas. Maman et son petit ami britannique me l'avaient confisquée sans aucune raison, et je trouvais ça vraiment injuste.

Chloé, ou devrais-je dire miss Bisounours, avait encore un sourire débile plaqué sur le visage. Pourquoi ? Mystère. Maman m'avait promis que j'adorerais Chloé, parce qu'elle était née le même jour que moi. Et alors ? Je ne voyais pas le rapport ? Encore un truc d'astrologie idiot, la connaissant.

Perdre mon seul lien avec le monde extérieur, c'était déjà horrible. Mais là, ça tombait vraiment au pire moment : je venais d'envoyer l'un des mails les plus importants de toute ma vie. Juste avant que le copain grisonnant de maman me vole ma tablette, j'avais contacté papa pour lui demander d'aller vivre avec lui. Pas seulement moi, Quentin et les jumeaux aussi. Je voulais nous sauver tous les quatre de cet endroit pourri. Si ça se trouve, une réponse m'attendait déjà : « *Bien sûr ma pauvre Tab, rentre à la maison avec tes frères, tiens, voilà le numéro de ma carte de crédit, va vite réserver les billets.* » Mais impossible de le savoir puisque le petit ami de maman avait décrété que c'était une idée géniale de nous faire revenir au Moyen Âge dans une baraque qui pouvait nous tomber dessus au moindre éternuement.

Simon a brisé le silence en grimpant l'escalier grinçant. Dylan l'a suivi telle une ombre.

— Hé, vous faites quoi, là ? les a arrêtés Lola en levant les yeux de son téléphone.

— On va explorer ! a répondu Simon.

— Personne ne va nulle part. C'est moi qui décide ici.

Simon est resté figé comme une statue entre deux marches, ce qui a fait rigoler Dylan.

— Arrête un peu d'embêter mes frères, suis-je intervenue.

Lola était peut-être la plus âgée, mais c'était encore moi leur grande sœur. J'étais la seule à pouvoir leur donner des ordres.

Paul a tapoté le dos de Lola.

— Puisque c'est toi la responsable, tu peux me dire ce qu'on mange à midi ? J'ai faim.

Mon estomac a gargouillé. J'aurais aimé qu'il ne parle pas de nourriture. Je n'avais avalé que quelques miettes de mon sandwich dégoûtant depuis ce matin.

— Je sais pas, a répondu Lola en haussant les épaules. Vous n'avez qu'à vous manger entre vous, ça me fera des vacances.

Dépité, Paul s'est dirigé vers le fond de la pièce pour ouvrir la porte sur la gauche.

— Tiens, j'ai trouvé la cuisine. Quelqu'un veut m'aider à chercher quelque chose de comestible ?

— Tu te souviens que c'est fermé depuis sept ans ? lui ai-je fait remarquer. Tu as vraiment envie de manger un truc resté aussi longtemps que ça dans un placard ?

— Ça doit ressembler à ce qu'ils nous servent à la cantine ! a essayé de plaisanter Chloé.

Elle a rigolé à sa blague, et elle était bien la seule.

Paul a refermé la porte et s'est avancé jusqu'à la cheminée tout au fond de la pièce. Il y a trouvé un tisonnier et a essuyé l'épaisse couche de poussière qui le recouvrait.

— Ça pourrait m'être utile. Qui veut venir chasser ?

— On ne peut pas, a dit Quentin. On est végétariens.

— Certains d'entre nous ont suffisamment évolué pour arrêter de manger des animaux morts, ai-je renchéri.

— Bien, alors il va falloir qu'on vous trouve une autre source de protéines, a déclaré Paul en brandissant son tisonnier comme une lance. Des noix, des pois, des œufs, je ne sais pas, moi…

Lola a posé violemment son téléphone sur la table.

— Remets ça à sa place ! Papa a dit que personne ne devait quitter la maison, pigé ?

Déçu, les épaules basses, Paul a immédiatement reposé sa lance près de la cheminée.

— On dirait que notre grand et terrible chasseur n'est pas si courageux que ça, ai-je murmuré avant de m'avancer discrètement jusqu'à la table pour prendre le téléphone de Lola. Dis, je peux te l'emprunter deux secondes ? Il faut juste que je regarde mes mails vite fait.

— Non, a-t-elle refusé en m'arrachant l'appareil des mains. Papa a dit que c'était seulement en cas d'urgence.

— Mais c'est une urgence ! J'attends un mail super important !

Lola est devenue toute rouge.

— Arrête de me prendre la tête ! a-t-elle explosé avant de monter à l'étage avec la grâce d'un éléphant.

— Pfff, qu'est-ce qu'elle peut être susceptible ! J'ai été polie pourtant.

En haut, je l'ai regardée longer un large couloir. Elle a ouvert la deuxième porte et l'a claquée derrière elle. J'ai même entendu le lit grincer quand elle s'est jetée dessus.

Paul a formé un haut-parleur avec ses mains.

— Dois-je prendre temporairement le commandement de l'unité ?

— Non ! a hurlé Lola de sa chambre.

Paul s'est redressé, les bras dans le dos, et a fait claquer ses talons.

— À vos ordres !

— Et qu'est-ce qu'on va faire, nous ? ai-je demandé, perplexe.

Encore un gros silence. Les jumeaux et Quentin ne me quittaient pas des yeux. Ils avaient l'habitude que je décide, puisque j'étais l'aînée. Mais dans cette nouvelle famille, je n'étais plus la plus âgée, je me retrouvais pile au milieu. Avec miss Bisounours. Génial.

Pourtant, j'aurais fait une bien meilleure chef que Lola.

— Et si on jouait à un jeu ? a proposé Chloé.

Elle a retiré son manteau orange fluo. Dessous, elle portait un pull rose… à paillettes. Aïe ! mes yeux ! Qu'est-ce que j'avais fait de mes lunettes de soleil ?

— Hé, ça tombe bien, c'est la dernière chose que j'avais envie de faire, ai-je répondu.

— Oh, allez ! a insisté Chloé. Il y a bien un jeu qui plaira à tout le monde. Le Monopoly, par exemple ?

— Ça m'étonnerait beaucoup qu'il y ait un Monopoly ici. Et même si c'était le cas, acheter des maisons et des hôtels en plastique, c'est pas du tout mon truc.

— Vous préférez les jeux de rôle ? a proposé Quentin. J'ai *The Dragon Scroll* avec les règles avancées dans ma valise. Il faut un peu de temps pour bien les comprendre, mais ça vaut le coup, vous verrez.

« Un peu de temps » ? Connaissant ce jeu, ça allait nous prendre des plombes, oui ! Et puis, de toute façon, Quentin gagnerait. J'étais presque tentée de laisser Chloé tomber dans le piège de mon frère, mais même elle ne méritait pas ça.

— Ce n'est pas une bonne idée, Quentin. Tu sais que les jumeaux sont toujours un peu perdus quand on fait ce genre de jeux.

— On n'a qu'à jouer à cache-cache ! s'est écrié Simon. Tout le monde connaît !

— Ah oui, cool ! a approuvé Dylan.

C'était sûrement « cool » quand on avait sept ans comme eux. Mais pour tous les autres, c'était pourri. Pourquoi pas tous aller faire des pâtés de sable tant qu'on y était ?

— Oui ! a dit Chloé d'une voix de bébé. Bonne idée.

Elle leur a souri et a applaudi. C'était pathétique.

Paul est parti derrière le bureau de réception et s'est tourné vers le mur.

— C'est moi qui cherche. Je suis un excellent pisteur. On pourrait me lâcher tout seul au milieu de la forêt, ça ne me ferait ni chaud ni froid !

— Ne me tente pas, ai-je marmonné.

— Commence à compter… MAINTENANT ! a crié Chloé.

Elle est partie sur la pointe des pieds vers la cuisine. La poignée a fait du bruit quand elle a ouvert la porte, et ça l'a fait grimacer tellement elle avait peur de se faire repérer. Je n'arrivais pas à croire qu'elle prenne ça autant au sérieux.

— Trente… Vingt-neuf… Vingt-huit…

Les jumeaux ont détalé vers le fond du hall, Quentin vers la bibliothèque. Je n'allais certainement pas participer à ce jeu stupide. J'ai commencé à monter l'escalier. À mi-hauteur, il y avait un petit palier avec une large fenêtre. Au-dehors, on voyait la forêt et les falaises dont nous avait parlé Carl. Et encore un peu plus loin, la route et le continent. J'ai pivoté à droite et grimpé les autres marches jusqu'au couloir. Là, je me suis allongée par terre et j'ai écouté le compte à rebours de Paul. Une fois arrivé à zéro, il a couru directement vers le salon, le seul endroit où personne n'était caché. En effet, quel talent de pisteur…

— Waouh ! Venez voir ça ! a appelé Simon.

Paul est sorti du salon.

— Vous n'êtes pas censés dire où vous êtes cachés.

— Non, c'est pas ça ! On a trouvé un truc cool.

Bon d'accord, là, j'étais intéressée. Je suis redescendue, Quentin est sorti de la bibliothèque et m'a suivie. Tout ça pour une vieille armure rouillée accrochée au mur. Super. Mais Paul et les jumeaux avaient l'air en admiration. Simon s'est mis sur la pointe des pieds pour toquer sur son plastron.

— Bonjour, monsieur le chevalier. Vous êtes là ?

— Quand on s'adresse à un chevalier, on dit « sire » pas « monsieur », l'a corrigé Quentin.

Dylan a pointé du doigt le bouclier, décoré d'aigles et de cerfs.

— Ça veut dire quoi, ces dessins ?

— Ce sont des armoiries, a répondu Quentin. Elles ressemblent un peu à celles de la maison Tangentium dans *A Feast of Dragons*.

Sur ces mots, il a commencé à parler de son roman de fantasy avec tous les détails possibles et imaginables. Chaque fois qu'il mentionnait un dragon, je m'imaginais une version géante et volante de Lola, ce qui avait au moins le mérite de me faire rire.

Les garçons étaient tellement occupés avec leur armure qu'ils avaient complètement oublié que Chloé était toujours cachée. Peut-être que j'aurais pu le leur rappeler, mais… non. Ça me faisait des vacances de ne pas la voir. Je ne supportais pas qu'elle se réjouisse autant que nos familles se rejoignent. Ça se voyait qu'elle n'avait pas eu à abandonner ses amis, son pays et toute sa vie, elle.

— Si seulement on pouvait chercher ces armoiries sur Google, a regretté Simon. On pourrait savoir d'où vient ce chevalier.

La seule façon d'y arriver aurait été d'emprunter le téléphone de Lola. Et comme j'avais pu m'en rendre compte, le simple fait de lui demander lui faisait péter un câble.

J'ai regardé Simon et Dylan taper sur l'armure et rigoler en entendant le métal résonner. Ils étaient mignons… Peut-être que Lola céderait si je les envoyais à ma place ?

— Vous savez, si vous tenez tellement à le savoir, il y a un téléphone… dans l'antre du dragon !

J'ai désigné la chambre de Lola à l'étage.

— Sympa, comme surnom, a souri Quentin.

— On peut pas, a répondu Simon avant de prendre une bouffée de son inhalateur. T'as vu comment elle s'est énervée tout à l'heure.

Dylan était déjà pétrifié et fixait la porte de Lola avec des yeux ronds.

— Je sais, mais elle va sûrement faire une exception pour vous, parce qu'elle vous trouve super.

— C'est vrai ?

— C'est elle qui me l'a dit.

— Bon, d'accord.

Simon a monté l'escalier au pas de course. C'était tellement facile de lui faire faire ce qu'on voulait. Dylan a ravalé sa salive et l'a suivi, passant juste devant moi et Quentin.

— Et l'équipée affronta la montagne afin de se mesurer au terrible dragon, a chuchoté Quentin. Seul le son distant de l'océan perçait à travers…

— Chut ! Tu vas faire peur à Dylan.

Milo a aboyé et a trottiné derrière nous.

— Un loup sauvage se joignit à la quête…

Le couloir était bordé de trois portes sur la gauche, deux devant et deux sur la droite. C'était sûrement là que se trouvaient les chambres. En espérant qu'elles étaient en meilleur état à l'époque.

Lola avait investi la deuxième pièce sur la gauche. Nous nous sommes arrêtés devant sa porte.

— Au prix de mille périls, l'équipée se retrouva face à l'entrée de la grotte. Ils allaient devoir user de bien des ruses pour persuader le dragon de leur céder son trésor…

J'ai poussé Dylan et Simon en leur soufflant :

— Allez, frappez.

Ils m'ont regardée avec des yeux de merlan frit avant de courir se cacher derrière moi.

— Très bien, je vais le faire !

J'ai frappé à la porte.

— Quoi ?

— S'il te plaît, pouvons-nous emprunter ton téléphone ?

Lola a ouvert la porte de quelques centimètres et m'a jeté un regard maléfique.

— Papa et Marie l'ont laissé pour moi. C'est si difficile à comprendre ?

— Les jumeaux veulent faire une petite recherche. Et moi, je voudrais juste vérifier mes mails, j'en ai pour deux secondes.

— Même si j'étais d'accord, vous ne pourriez pas. Y a pas Internet. Juste assez de réseau pour les appels et les SMS.

Soudain, j'ai eu des sueurs froides. Et si papa m'avait répondu, mais qu'il pensait que je l'ignorais ? Pas grave. Je pouvais toujours l'appeler et tout lui expliquer.

— Dans ce cas, il faut que je passe un appel urgent, ai-je insisté en tendant le bras.

Lola a claqué la porte, manquant mes doigts de peu.

— Allez promener Milo, a-t-elle ordonné. Après, je songerai peut-être à vous trouver de quoi manger.

Elle me tenait : j'avais des crampes à l'estomac tellement j'avais faim.

Milo glapissait et faisait des zigzags dans le couloir.

— Mais maman et Carl nous ont dit de ne pas sortir de la maison, a fait remarquer Dylan.

— Ils ont aussi dit que c'était moi qui commandais. Ça vaut plus que tout le reste. Alors sortez Milo avant qu'il y ait un accident et que je vous oblige à tout nettoyer.

— D'accord, ai-je rétorqué. Mais après, tu me laisseras utiliser ton téléphone, hein ?

Lola n'a rien répondu. J'ai essayé de me convaincre que ça voulait dire qu'elle y réfléchirait. Mais le plus probable, c'était qu'elle n'en avait strictement rien à faire. Peut-être qu'une balade n'était pas une si mauvaise idée après tout. Ça me donnerait l'occasion de réfléchir à un nouveau plan. Il me fallait absolument ce téléphone.

CHAPITRE TROIS

CHLOÉ

Accroupie dans l'ombre, j'essayais de respirer le moins fort possible. Ça faisait des siècles que je n'avais pas joué à cache-cache, mais ma tactique était toujours au point : choisir l'endroit le plus inattendu, et vite.

Dans la cuisine, j'avais trouvé une porte qui donnait sur l'arrière de la maison, et la clef était toujours dessus. Une fois dehors, j'étais tombée sur une sorte de cabane. C'était parfait. Personne ne s'attendrait à ce que je quitte la maison, et en plus, ça sentait tellement mauvais là-dedans que même Milo ne pourrait pas renifler ma trace. Tout ce temps passé à écouter Paul parler de pistage d'ennemis avait finalement servi à quelque chose !

Après vingt minutes, j'ai commencé à me demander si je ne m'étais pas trop bien cachée. Après tout, dans une maison aussi grande, ils pourraient me chercher des heures sans jamais me trouver. Mais si je sortais maintenant, ça compterait comme une victoire pour Paul. Et je déteste perdre. Alors j'ai décidé de rester encore un peu. J'ai entrouvert la porte et j'ai aperçu la fenêtre de la chambre de Lola, avec son balcon antique prêt à s'effondrer. Un vieux treillis en bois, où s'entortillaient des plantes mortes, occupait toute la façade, du sol au balcon.

Même de là où j'étais, j'entendais Lola crier sur son petit ami. Qu'est-ce qu'il pouvait bien lui trouver ? Certes, elle était plutôt jolie quand elle souriait, sans son horrible maquillage, et quand elle ne haïssait pas le monde entier, mais de là à dire qu'elle était gentille…

Lola a dit à Sébastien qu'elle le rappellerait, et je ne l'ai plus entendue. Peut-être qu'elle avait rejoint les autres pour me chercher. J'avais tellement hâte de voir leurs têtes quand ils découvriraient ma cachette si géniale ! J'espérais juste que ça n'allait pas trop tarder. L'odeur ici était tellement horrible que j'en avais la nausée.

Au bout d'un moment, j'ai entendu une porte s'ouvrir, puis des bruits de pas et de coussinets sur les pavés qui entouraient la maison. Ils arrivaient ! Enfin, ils avaient compris ! Ma victoire serait bientôt officielle. Paul et Quentin échangeaient des astuces de survie. Paul faisait la liste des baies comestibles tandis que Quentin lui parlait d'un genre de pain elfique qui se conservait très longtemps. C'était super de voir qu'ils avaient trouvé un sujet de conversation.

J'avais tellement envie que ça marche, cette nouvelle famille. À la fois pour papa et pour Marie. J'étais si petite quand maman est morte que j'ai grandi avec un papa veuf. Maintenant, je voulais vraiment qu'il soit heureux avec quelqu'un, et Marie avait l'air chouette. Les jumeaux étaient mignons et Quentin devait sûrement être sympa une fois qu'on avait appris à le connaître. Dommage que Tab soit si ronchonne. Peut-être qu'elle serait plus supportable une fois remise du décalage horaire.

Les pas s'éloignaient. Évidemment : j'avais trop bien joué. J'allais devoir leur donner un indice. J'avais peur de m'évanouir si je restais là. Alors j'ai frappé contre la porte. Aucune réaction. Ils ont continué leur route. J'ai toussé aussi fort que possible et, quand j'ai repris ma respiration, l'odeur ignoble m'a piqué les yeux et la gorge.

Il était temps de me rendre. Ils devaient sûrement commencer à s'inquiéter et ce n'était pas juste de les laisser dans l'embarras. Ils allaient devoir admettre qu'ils n'étaient tout simplement pas de taille à m'affronter à cache-cache.

J'ai ouvert la porte pour m'élancer vers eux. Seulement, à force de rester accroupie, j'avais les jambes engourdies. J'ai trébuché et j'ai atterri dans une flaque de boue. Quand je me suis relevée, j'ai vu qu'une grosse tache marron s'étalait sur l'avant de mon pull. Génial ! Comment j'allais pouvoir nettoyer ça ?

Les autres étaient en train de s'engager dans l'allée quand je les ai rattrapés. Comme s'ils allaient me trouver ici !

— Ta daa ! me suis-je exclamée en levant les bras.

Ils se sont retournés, et Milo a couru vers moi.

— Euh… oui, bonjour, a répondu Tab.

— J'étais dans la cabane ! C'est moi qui ai gagné, non ?

Les jumeaux se sont regardés et ont haussé les épaules.

— Gagné quoi ? a demandé Paul.

— La partie de cache-cache.

Ils m'ont tous dévisagée, apparemment sans comprendre. Et puis finalement, Paul a eu l'air de percuter.

— Ah, oui, c'est vrai. J'avais complètement zappé. On sortait pour promener Milo, en fait.

Je me suis sentie rougir. Ils n'avaient quand même pas pu m'oublier… si ?

— Et vous n'avez pas pensé à venir me chercher d'abord ? Toi qui es toujours en train de répéter tes devises militaires du genre « on n'abandonne jamais personne ».

Tab a pouffé derrière sa main, ce qui m'a fait rougir de plus belle.

— Parfois, c'est chacun pour soi, a fait valoir Paul. Ça dépend des missions.

— Super. Bref, c'est là-bas que je me cachais, ai-je dit en pointant la cabane du doigt. Si vous aviez continué de jouer, vous ne m'auriez jamais trouvée.

Quentin a plissé les yeux pour observer le minuscule abri.

— Tu sais que c'est… la cabane au fond du jardin ?

Tab a gloussé une fois de plus.

— La cabane au fond du jardin ?

— C'est quoi, la cabane au fond du jardin ? a demandé Dylan.

— Viens voir, lui a dit Paul.

J'ai suivi tout le monde jusqu'à l'abri. Maintenant que la porte était grande ouverte, je voyais bien mieux l'intérieur. Il y avait un trou sombre au milieu. C'était de là que devait venir l'horrible odeur.

Quentin a rajusté ses lunettes.

— Ah oui. Il y a un trou dans le sol pour faire caca. C'était très commun avant que les toilettes à chasse d'eau ne fassent leur apparition.

Simon et Dylan ont éclaté de rire.

— Tu te cachais dans un trou à caca !

— Je n'étais pas dedans, j'étais à côté ! me suis-je défendue, horrifiée.

Tab a pointé du doigt la tache marron sur mon pull, d'un air dégoûté.

— Et c'est quoi, ça ?

— Je suis tombée dans une flaque. C'est de la boue.

— Chloé est pleine de caca ! a crié Simon, sans se soucier de ce que je venais de dire.

Il riait tellement qu'il luttait pour prendre une bouffée de son inhalateur. Paul, Dylan, Quentin et Tab riaient aussi. J'avais l'impression que ma nouvelle famille se soudait enfin. Dommage que ce soit à mes dépens. Faut croire qu'il n'y avait que ça pour les rassembler. J'ai baissé la tête, m'attendant presque à voir Milo se moquer lui aussi. Mais il n'était pas là.

— Milo ?

Normalement, il accourait quand je l'appelais, et il venait presser sa truffe humide dans ma main. Or cette fois, il n'est pas venu. Les autres ont commencé à examiner les alentours et leurs ricanements se sont dissipés petit à petit.

— Je ne suis peut-être pas une experte en cache-cache, mais au moins moi je sais promener un chien.

— Il a dû partir dans la forêt, a suggéré Paul en se tournant vers le bosquet devant la maison. C'est là qu'on devait aller avant que tu nous obliges à visiter tes toilettes dégoûtantes.

Il a couru vers le bois avec les autres. Je me suis dit qu'il valait mieux que je cherche Milo, moi aussi. Parce que c'était le seul membre de ma famille à être gentil avec moi.

CHAPITRE QUATRE

TAB

Paul et Quentin couraient en tête sur le chemin rocailleux, suivis de près par les jumeaux. J'espérais vraiment qu'on rattraperait ce chien idiot avant que Simon fasse une crise d'asthme. Dylan était un bon coureur, et Simon ne le lâchait jamais d'une semelle. Miss Bisounours était derrière. J'ai butté contre une pierre et j'ai failli tomber. C'était à cause de ses bêtises qu'on en était là.

— Milo ! a appelé Paul.

Le chien a aboyé loin devant.

Je commençais à voir le ciel à travers les branches : on allait bientôt sortir de la forêt. Ce serait plus facile de le retrouver. Enfin, c'était ce que je pensais avant de voir ce qui nous attendait…

Une immense falaise se trouvait juste devant nous. À notre droite, tout près, une plaine herbeuse conduisait droit dans le vide. Plus loin, on voyait le phare, et en contrebas, la route. La brise salée nous fouettait le visage, tandis que les mouettes criaient au-dessus de nos têtes. L'endroit aurait presque pu être calme et relaxant dans d'autres circonstances.

— Je crois que… c'est là que Carl… nous a dit de ne pas aller, a haleté Simon.

Le sentier continuait sur la gauche, mais Milo filait droit vers le gouffre. Il y aurait bien quelques neurones dans son minuscule cerveau pour lui dire que ce n'était pas une bonne idée, non ?

— Milo ! ai-je fini par crier, même si tout le monde hurlait déjà et que ça ne faisait aucune différence.

Il n'était plus qu'à quelques mètres du rebord. Est-ce qu'il aurait le temps de s'arrêter ?

— Comment votre chien a pu survivre aussi longtemps ? ai-je demandé. On dirait qu'il essaie de se tuer !

À gauche, une silhouette est soudain sortie des arbres. Un garçon a attrapé Milo dans ses bras et l'a serré contre lui. Les pattes du chien s'agitaient toujours, mais dans le vide.

Il était sauvé !

En m'approchant, j'ai pu mieux voir le sauveur de Milo : grand, mince, avec de larges épaules, une épaisse chevelure noire, des yeux bleus… Il avait peut-être un ou deux ans de plus que moi. Nos regards se sont croisés et il a souri.

Milo gémissait dans les bras du garçon, comme s'il était énervé qu'on ne l'ait pas laissé sauter de la falaise.

Je me suis arrêtée derrière les autres et j'ai remis ma frange en place. Pourquoi est-ce que les garçons mignons apparaissent quand on y est le moins préparée ? Je ne m'étais pas changée depuis le voyage en avion et la nuit en voiture. Le gras de cet abominable sandwich à l'œuf suintait encore de mes pores et, pour parfaire le tout, cette petite course en forêt m'avait recouverte d'une magnifique pellicule de sueur. Quant à mes dents, j'étais exactement à l'autre bout du monde la dernière fois que je les avais brossées.

Chloé s'est arrêtée à côté de moi. Et elle aussi s'est recoiffée. Tout de suite, je me suis sentie mieux : à côté d'elle, j'étais resplendissante. Moi, au moins, je n'étais pas restée une demi-heure dans des toilettes puantes et je n'avais pas de grosse tache marron répugnante sur mes vêtements.

Le garçon a tendu Milo à Paul.

— Il faut qu'il fasse attention, votre chien. Il pourrait rester coincé en bas s'il descend.

Sa voix était profonde, chaleureuse.

— Merci, a répondu Paul. On tâchera de garder un œil sur lui.

— Je m'appelle Ben. J'habite dans la ferme de Kelder, là-bas.

Derrière les arbres, la pente remontait et, tout en haut, je distinguais des bâtiments en pierre grise, un troupeau de moutons et un tracteur.

— Vous avez emménagé dans le vieux *bed and breakfast*, c'est ça ?

— Juste pour cette nuit, ai-je répondu en me plaçant devant Paul. Salut, moi c'est Tab.

Chloé m'a presque poussée pour s'avancer vers Ben.

— Et moi c'est Chloé. C'est fou que tu habites dans une ferme, ça nous fait un point commun. On va tous emménager sur le continent dans une autre ferme. Mais on reste là le temps que la vente se fasse.

Chloé s'est tournée vers la maison, dont on n'apercevait que le toit et une fenêtre de l'autre côté de la forêt.

— On va la vendre à des promoteurs. Ils vont tout raser.

— De toute façon, y a plus que ça à faire, pas vrai ? ai-je dit.

Ben a haussé les épaules.

— Je ne sais pas. Moi je l'aime bien.

— Moi aussi, a minaudé Chloé en activant son mode lèche-bottes. Je trouve qu'elle a un côté mystérieux.

Ben a souri.

— C'est une belle façon de le dire !

« Ce que Chloé préfère, ce sont les toilettes au fond du jardin. C'est pour ça qu'elle vient d'y passer une demi-heure. » Voilà ce que j'avais envie de balancer.

Paul a reposé Milo par terre et s'est avancé vers le bord de la falaise. J'avais peur que le chien tente à nouveau de sauter, mais il semblait avoir oublié l'idée. Il se contentait de nous regarder la langue pendante. Chloé a plaqué un sourire sur son visage et a fixé Ben sans rien dire. C'est vrai que c'était vraiment la meilleure chose à faire face à un garçon qu'on venait de rencontrer…

Ben a baissé les yeux vers Milo, peut-être pour éviter le regard de Chloé.

— Alors, c'est votre chien ?

Il fallait que je monopolise la conversation avant que l'autre Bisounours la ramène, alors j'ai répondu :

— Oui, il s'appelle Milo.

— Il a quel âge ?

Je n'en avais aucune idée et je n'y connaissais rien en chiens, mais je me suis dit que je pouvais y aller au bluff. Après tout, ce n'était qu'une bestiole à quatre pattes.

— Douze ans. Comme moi. Et toi alors, tu as quel âge ?

Ben m'a regardée, confus.

— Douze ans ?

Maintenant que j'y pensais, ça faisait peut-être un peu beaucoup pour un chien. Je connaissais une vieille dame qui en avait un de cet âge-là. C'était tout juste s'il arrivait à se traîner jusqu'à sa gamelle.

— En années humaines, ai-je corrigé.

— Alors il n'a que deux ans ?

— Oui. À peu près, quoi.

— Et il est de quelle race ?

J'ai jeté un coup d'œil vers Chloé. Ça aurait été le bon moment pour qu'elle se manifeste, pour une fois, mais elle se contentait de m'observer avec un petit sourire en coin. J'ai ordonné à mon cerveau de penser à une race de chien. Ça m'arrivait bien dans des quiz de trouver la bonne réponse sans le faire exprès, alors peut-être que ça allait marcher.

— Un charolais.

Chloé a explosé de rire et les autres l'ont imitée.

Bon, loupé.

— Il est petit, dis donc, pour une vache, a plaisanté Quentin.

— Tu crois que ça sait ramener la baballe une vache ? a ri Simon.

— Ou que tu peux lui demander de faire le beau ? a ajouté Dylan.

J'ai fait de mon mieux pour me joindre à l'hilarité générale.

— Ha ha, non ! mais c'était pour rigoler.

Chloé a fait un pas en avant, comme pour occuper davantage le terrain.

— En fait, Milo c'est mon chien. Il est dans la famille depuis qu'il est tout bébé.

— Vous l'avez dressé vous-même ?

Alors là, aucune chance que je laisse Chloé reprendre la parole. Vite, changement de sujet :

— Hé, j'adore cette île. Ça change de ma Californie…

— Ta Californie ? a répété Ben en se tournant vers moi. Je n'ai jamais rencontré quelqu'un qui vienne de là-bas. C'est comment ?

— C'est cool.

J'étais prête à lui parler du Yosemite Park et de Venice Beach (même si je n'avais jamais mis les pieds ni à l'un ni à l'autre) quand miss Bisounours s'est intercalée entre nous. À force de se passer devant, on avait fini par se trouver juste sous le nez de Ben.

— Cette île est vraiment mystérieuse. J'aimerais tellement en savoir plus. J'ai entendu dire qu'un fantôme de pêcheur hantait le phare. C'est vrai ? a demandé Chloé.

Ben l'a conduite jusqu'au bord de la falaise. Malheureusement, ce n'était pas pour la pousser dans le vide mais pour lui montrer le phare. Pourquoi est-ce que je n'avais pas pensé à lui parler de ça ? Le voilà qui l'emmenait, elle, et me laissait, moi, plantée là. Ça n'allait pas se passer comme ça !

J'ai trottiné derrière eux. En contrebas, la marée était encore bien basse, laissant voir la route et une étendue de sable humide. Une voiture cheminait lentement vers le continent.

— Ce phare doit être tellement important, ai-je dit. Quand la mer est haute, c'est la seule chose qui empêche les bateaux de faire naufrage, pas vrai ?

— Pas vraiment, a répondu Ben.

— Oh.

Touchée-coulée.

— Les bateaux ont des GPS maintenant. On n'a plus vraiment besoin de gardiens de phare, mais certains continuent pour perpétuer la tradition.

— Comme celui-là ? a demandé Chloé. Est-ce que le fantôme allume et éteint la lumière ?

— J'ai entendu des histoires…

Tout le monde s'était amassé derrière nous et j'ai senti Dylan s'accrocher à ma jambe. Ben s'est retourné, s'est penché en avant et a parlé d'une voix feutrée, comme s'il nous racontait une histoire au coin du feu.

— Certains disent qu'ils l'ont vu ici. C'était autrefois un pêcheur ordinaire, parti en mer dans un épais brouillard. Lui et tout son équipage se sont noyés. À présent, il hante la côte. Il paraît qu'il vole l'âme des marins. Il porte un grand ciré jaune et des gants de pêche orange.

Dylan a serré ma jambe un peu plus fort. Je sentais ses mains trembler.

— On dit qu'il a kidnappé quatre enfants dans le gîte de l'Harmonie…

— C'est où, ça ? a demandé Simon.

— C'est l'ancien nom du *bed and breakfast* de Kelder Island. Là où vous vivez.

Dylan a poussé un cri d'effroi.

— Ne t'inquiète pas, l'a rassuré Ben. C'est juste une légende qu'on raconte par ici.

— Il y a des légendes locales partout, a assuré Quentin. Comme le fantôme qui était censé hanter les toilettes de l'école, tu te souviens ?

— Ne lui parle pas de ça, a sifflé Simon. Il n'est pas allé faire pipi pendant une semaine après avoir entendu cette histoire.

Je ne comprenais pas comment on pouvait avoir peur des fantômes. Toutes ces apparitions étaient toujours explicables par la science. Mais je n'ai pas pu réprimer le frisson qui m'a parcouru le dos à l'idée que le pêcheur noyé puisse rôder dans la maison et nous kidnapper.

— Peut-être qu'on devrait rentrer, ai-je suggéré. Lola va se demander où on est.

Bien sûr, même si on avait sauté de la falaise pour attraper Milo, le Dragon ne se serait pas inquiété. Mais cette histoire de fantôme me mettait mal à l'aise et j'avais peur que Dylan soit traumatisé à vie.

J'ai fait un signe de la main à Ben.

— C'était sympa de faire ta connaissance.

— Oui, j'ai trouvé aussi.

— Moi aussi, j'ai beaucoup aimé faire ta connaissance, a répété Chloé.

Ben s'était déjà retourné, alors cette dernière réplique a conclu la scène de façon un peu gênante.

Sur le chemin du retour, j'ai jeté un coup d'œil au phare. L'espace d'une seconde, j'aurais juré avoir vu quelqu'un à la fenêtre. Quelqu'un vêtu d'un ciré jaune de pêcheur.

Mon sang s'est glacé.

Je me suis arrêtée pour mieux regarder. Personne. J'avais dû voir un reflet… Pourtant…

J'ai décidé de ne rien dire aux autres. Je ne voulais pas que Dylan nous fasse une crise d'angoisse.

CHAPITRE CINQ

CHLOÉ

On a déboulé dans la maison et monté les marches quatre à quatre jusqu'à la porte de Lola. Elle était encore en train de crier sur Sébastien, lui disait qu'il n'était pas assez attentionné, qu'il ne se rendait pas compte, ou quelque chose du genre. J'ai songé que je ne traiterais jamais Ben de cette façon si c'était mon petit ami.

— Quand est-ce que Lola va nous donner à manger, comme elle l'a promis ? a imploré Simon.

— Très bientôt, a répondu Tab avant de me pousser dans le dos. C'est à ton tour d'aller lui parler. Moi, j'ai déjà donné.

J'ai levé le poing pour frapper à la porte, mais j'ai arrêté mon geste. De l'autre côté, Lola semblait vraiment en colère. D'expérience, je savais que c'était le pire moment pour l'interrompre.

— Ne me dis pas que tu as peur d'elle, toi aussi, a dit Simon. C'est ta sœur, quand même.

— Non, non, et puis tu sais, elle n'est pas si terrible. Elle aboie beaucoup, mais elle n'est pas méchante.

— Les dragons n'aboient pas, a déclaré Quentin. Ils crachent des flammes mortelles par leurs naseaux.

Je ne voyais pas trop le rapport. Mais je me suis dit que c'était bien d'avoir une imagination aussi débordante.

La voix de Lola s'est légèrement adoucie, alors j'ai frappé.

— Quoi ? a-t-elle répondu sans ouvrir.

— Ça y est, on a promené Milo. Tu as dit que tu nous ferais à manger après.

— Deux secondes.

Elle a repris son appel, et je me suis tournée vers Tab.

— Tu vois ? Il suffit de demander gentiment.

— Si tu le dis.

— Quand est-ce qu'on mange ? a pleurniché Dylan en se tenant l'estomac. J'ai faim !

Il a transformé ce dernier mot en un long gémissement très aigu. Exactement ce qu'il ne fallait pas faire avec ma sœur. J'avais essayé une fois et l'omelette qu'elle préparait avait fini sur ma tête.

— Chut ! Arrête de pleurnicher. Elle ne supporte pas ça.

— Aaaaaaïe ! l'a rejoint Simon. J'ai mal au veeeentre !

Quentin a plaqué ses mains sur la bouche des jumeaux.

— Nous ne devons pas énerver le Dragon. Soyez forts, mes amis.

Ça a eu l'air de faire son effet. Lorsqu'il les a lâchés, ils se tenaient toujours le ventre, mais en silence. Lola ne semblait pas pressée de sortir. Au bout d'un moment, Paul en a eu assez.

— Je sais comment passer le temps en attendant le repas. Faire des glissades sur la rambarde !

— Moi d'abord ! a hurlé Simon.

Mais Dylan ne risquait pas de lui piquer sa place : il regardait la balustrade comme si elle allait le mordre. Paul a attrapé Simon et l'a installé à cheval sur la rampe, tandis qu'il tapait des mains, tout sourire.

— Je sens qu'il va y avoir de la casse, les ai-je prévenus. Si ce n'est pas le mobilier, ce sera la jambe de Simon. Je vous rappelle qu'il n'y a pas d'hôpital à Kelder Island, qu'on n'a même plus de voiture et qu'une ambulance mettrait un temps fou à arriver.

Tab a levé les yeux au ciel. Je ne comprenais pas pourquoi elle était aussi agacée. C'était son frère que j'essayais de protéger.

— Je suis pas un bébé ! a asséné Simon. J'ai huit ans l'année prochaine.

— Raison de plus pour ne pas mettre tout ton poids sur une rambarde qui ne m'a pas l'air très solide.

— Ça va aller, a assuré Paul. On fait juste une descente.

Il a lâché Simon, qui a dévalé la rampe en prenant de la vitesse.

— Whouaaah !

La frêle structure en bois a basculé en avant, et Simon s'est penché en arrière pour garder son équilibre. La rambarde s'est tordue dans l'autre sens, puis l'a éjecté. Simon a atterri pile sur la table basse qui a cassé net dans un gros craquement. Le vase qui y était posé a fait un vol plané.

— Je vais bien !

Le vase a explosé contre le mur, faisant pleuvoir de minuscules fragments de porcelaine sur les premières marches.

— Oups, a fait Paul.

Il a fallu que je serre les lèvres très fort pour ne pas leur dire que je les avais prévenus. La rambarde s'est remise en place avec un craquement, mais l'un des barreaux du milieu a cédé et s'est cassé en trois.

Cette fois, je n'ai pas pu m'empêcher de hurler :

— JE VOUS L'AVAIS DIT !

Dylan a levé les yeux vers moi, la lèvre inférieure toute tremblante. Il a titubé jusqu'à sa sœur et s'est agrippé à elle.

— Bravo, m'a sermonnée Tab. Regarde un peu ce que tu as fait.

Simon venait de tout casser à cause de l'idée stupide de Paul, et c'était après moi qu'elle en avait ? Est-ce que c'était comme ça que fonctionnait cette nouvelle famille ?

Simon s'est relevé, a épousseté son pantalon et s'est dirigé vers le vase brisé. Il a ramassé deux des plus gros morceaux et me les a rapportés en essayant de les faire coïncider.

— Tu crois qu'on peut le réparer ? Est-ce que maman va être en colère ?

Je me suis accroupie et j'ai posé la main sur son épaule. Je ne voulais pas que les jumeaux se sentent coupables. Je savais à quel point c'était facile de tout mettre sur le dos du plus jeune.

— Ne t'inquiète pas. De toute façon, cette maison va être démolie dans quelques jours, alors ce n'est pas la fin du monde si tu as cassé ce vase. Mais j'espère que tu as compris maintenant qu'il faut écouter quand on te dit que c'est dangereux.

Un large sourire a inondé le visage de Simon. Il a jeté les morceaux de vase, qui se sont brisés en éclats encore plus petits.

— Alors on peut détruire la maison ? Génial !

Il est reparti vers l'escalier en donnant des coups de pieds dans le mur et dans la rambarde. Dylan l'a suivi en gloussant, y allant de ses petits coups de pied timides.

— Ce n'est pas ce que j'ai voulu dire ! ai-je crié.

C'était l'horreur, les jumeaux allaient tout saccager sans qu'on puisse rien faire. Pire encore : ils diraient que c'était mon idée.

— La communauté abattit les remparts de la forteresse du sorcier maléfique ! a déclamé Quentin en déchirant une mince bande de papier peint.

— Arrêtez !

J'ai ramassé le morceau de papier peint et j'ai essayé de le replacer sur le mur. Sans succès.

Crrrrrrrrr !

Tab tirait sur l'un des rideaux rouges du palier, l'arrachant doucement de la tringle.

— Qu'est-ce que tu fais ?

— Je prends du tissu. C'est cool, c'est rétro. Je vais m'en faire un tee-shirt.

Le tissu épais était recouvert de poussière, et il y avait des traces de moisissure sur les bords.

— Vraiment ? Tu veux t'habiller avec un vieux rideau qui pue ?

— Oui. Et je n'ai pas de leçon de mode à recevoir d'une fille qui ressemble à un surligneur ambulant, a-t-elle répondu en montrant mon tee-shirt rose fluo.

— Il n'y a rien de mal à vouloir mettre un peu de joie dans sa vie. On n'a pas tous envie de faire la tronche toute la journée comme si on allait à un enterrement.

Tab a défait l'autre rideau dans un nuage de poussière.

— Regarde un peu ces moisissures, ai-je dit en lui montrant les taches grises. Même un zombie refuserait de porter ça.

— Dis-moi, t'as déjà entendu parler d'un truc qui s'appelle une machine à laver ? Apparemment non, vu que tu es toujours recouverte de crotte.

— Je t'ai déjà dit que c'était de la boue.

J'ai léché mon doigt pour essayer de faire partir la tache, mais tout ce que j'ai réussi à faire, c'est l'étaler encore plus.

Paul a arraché un barreau dans l'escalier. Il l'a jeté à l'autre bout du couloir, et Milo l'a attrapé pour lui ramener.

— Ton frère est vraiment chelou, a marmonné Tab.

Tout à coup, un gros bruit métallique a retenti du fond du hall. Quentin venait de retirer le bouclier du chevalier et l'agitait dans tous les sens.

— Le feu du dragon n'a aucun effet sur mon bouclier magique ! À présent, plus rien ne m'empêchera de m'emparer du dernier fragment du Cristal enchanté.

— *Ton* frère est chelou, ai-je corrigé.

Je me suis sentie coupable, alors j'ai ajouté :

— Mais, au moins, il est passionné.

Les jumeaux ont foncé vers l'escalier avec des feutres qu'ils avaient sortis de leurs sacs. Simon a tracé un trait jaune sur le mur, tandis que Dylan a fait un gribouillis rouge.

— Arrêtez, tout le monde ! Papa et Marie ne vont pas être contents ! ai-je crié.

Mais personne n'écoutait. Paul a renvoyé son barreau à Milo. Quentin a cogné son bouclier contre le mur. Les jumeaux traçaient de nouvelles lignes au feutre.

— S'il vous plaît, ça suffit !

— C'est pas si grave, a répondu Simon en esquissant une sorte de zigzag sur la tapisserie. Et puis, c'est ton idée, je te rappelle.

— Qu'est-ce que vous faites ? a demandé Lola de l'autre côté de sa porte. Ne m'obligez pas à sortir !

Là, comme par magie, tout le monde s'est figé. Même Milo a laissé tomber son barreau par terre. Qu'est-ce que j'aurais aimé être aussi effrayante que ma sœur...

— Et si on jouait à un autre jeu ? ai-je proposé. Comme ça, on pourra s'amuser tout en ayant encore un endroit où dormir ce soir.

Simon a rebouché son feutre.

— On pourrait jouer au base-ball.

— Ah oui, base-ball, trop bien ! s'est enthousiasmé Dylan.

— Mmmh. Le cricket c'est mieux, a dit Paul.

— Moi, j'aimerais bien qu'on joue au Quidditch, a fait savoir Quentin.

— C'est quoi le cricket ? a demandé Simon.

— Tout le monde connaît le base-ball, a tranché Tab, ce sera plus simple.

Simon a ramassé le barreau que Paul avait arraché.

— J'ai trouvé une batte. Par contre, il y a de la bave dessus.

— On peut se servir de la balle de Milo, a suggéré Paul.

Il a couru vers les sacs près de la porte et en a ressorti une vieille balle de tennis rongée jusqu'à la moelle.

De mon côté, j'ai sorti une pile de tee-shirts de Lola.

— On peut utiliser ça pour marquer les bases dans l'allée.

— Je veux jouer à l'intérieur, a dit Simon.

— Ah oui, base-ball à l'intérieur, trop bien ! s'est à nouveau enthousiasmé Dylan.

— Vraiment ? Vous êtes sûrs que ça ne risque rien ?

Une fois de plus, ma tentative d'avertissement a été complètement ignorée. Tab s'est dirigée droit sur Simon et lui a pris le barreau des mains.

— Je frappe la première.

— Attends une minute, c'est moi qui dois frapper en premier, ai-je dit. C'est toujours moi qui commence quand on fait un jeu dans la famille. C'est un peu une tradition.

— Je croyais que jouer à l'intérieur c'était trop dangereux, a rétorqué Tab avec un petit sourire en se positionnant au pied des marches.

— C'est vrai, mais si on le fait quand même, c'est moi qui devrais être la première.

— Moi, je lance, a dit Paul en soupesant la balle mâchonnée. Ça, c'est la première base, vas-y Simon.

Il a désigné le bureau de réception.

— Je vais l'aider, a dit Dylan.

Il a couru se cacher derrière le bureau. Je ne savais pas trop en quoi ça allait l'aider, mais bon...

— Tu es sur la deuxième base, Chloé, devant la porte d'entrée.

Je n'avais pas eu l'impression d'avoir résolu la problématique de savoir qui frapperait en premier. Ce n'était pas juste que Tab soit la première simplement parce qu'elle l'avait décrété. Mais je savais combien il serait facile de déclencher une dispute et de gâcher le jeu, alors je suis partie vers la porte.

— Quentin, troisième base, devant l'escalier.

Nous avons tous pris position, prêts à recevoir. Paul a lancé, Tab a frappé. La balle a volé au-dessus de la rambarde jusqu'au premier étage et a traversé une porte ouverte pour disparaître dans l'une des chambres.

Et là, on a entendu un bruit énorme.

Je me suis mordu la lèvre pour m'empêcher de hurler « Jc vous l'avais dit ! » encore une fois.

— Oh oh..., a fait Dylan en pointant le bout de son nez derrière le bureau.

Paul est monté voir et nous l'avons tous suivi. Le vasistas de la première chambre à gauche avait volé en éclats.

— Ça, c'était bien envoyé, a dit Paul.

— Merci, a répondu Tab.

— Il n'y a pas de quoi être fière, ai-je répliqué.

Des nuages sombres s'amassaient à l'horizon. Une petite bruine commençait déjà à tomber et à former une tache humide sur la moquette. Je n'osais pas imaginer ce que ça allait être si une grosse averse se déclenchait...

— On dirait que les sports d'intérieur, c'est pas si cool finalement, ai-je lancé.

Ça me paraissait moins condescendant que « je vous l'avais dit ».

— C'est pas ma faute, a rétorqué Tab. Moi, tout ce que j'ai fait, c'est utiliser ma batte. C'est pas moi qui ai lancé trop fort.

Coincé, Paul a choisi de m'accuser.

— Et c'est pas moi qui ai suggéré de jouer au base-ball.

— Au base-ball à l'extérieur, l'ai-je corrigé. Et d'ailleurs, ce n'est même pas moi qui ai eu l'idée.

J'ai réfléchi et je me suis souvenue que c'était l'idée de Simon. Sauf que je m'étais promis de ne pas tout mettre sur le dos des jumeaux, alors j'ai gardé ça pour moi.

— Ne vous inquiétez pas, a déclaré Paul. Je prends les choses en main. C'est l'occasion idéale pour essayer ma nouvelle tente.

Il est redescendu à toute vitesse. Je suis sortie de la pièce et je me suis penchée sur la rambarde bringuebalante.

— Tu ne vas pas nous aider à nettoyer tout ça d'abord ?

Il s'est arrêté et m'a regardée sans comprendre.

— Je croyais que tu avais dit qu'on pouvait ruiner la maison. Faut savoir ce que tu veux.

— C'est pas que j'ai dit ! ai-je hurlé.

Derrière moi, Tab et Quentin se querellaient pour savoir qui aurait dû gagner la partie.

Je n'arrivais pas à croire qu'on ait réussi à mettre une telle pagaille en si peu de temps. Papa et Marie n'étaient pas partis depuis deux heures que la maison était déjà en ruine. Ça promettait pour la suite…

CHAPITRE SIX

TAB

Paul a dézippé un étui circulaire pour en sortir une tente qu'il a étalée sur le sol. J'ai froncé les sourcils. C'était quoi, son problème ?

De mon côté de la famille, on était plutôt cool, même si Quentin refusait d'admettre que je l'aurais battu au base-ball si on avait continué la partie. Mais ces Britanniques étaient tous bizarres. Le Dragon était détestable, je ne sais pas comment miss Bisounours parvenait à être aussi énervante, et voilà que Paul plantait sa tente dans la maison. Quel talent ! C'est vrai que c'est super utile de savoir camper en intérieur. Si jamais, je ne sais pas moi, le salon se changeait soudainement en jungle hostile, au moins on pourrait survivre pendant des semaines.

Paul a placé sa tente sous la fenêtre brisée, de façon à ce que la fine pluie tombe dessus.

— Et voilà, c'est waterproof, a-t-il dit avant d'ouvrir le zip pour examiner l'intérieur. Les doublures sont belles. Ah, et ça, c'est pile ce que je voulais : un tapis de sol détachable !

Il s'est penché pour triturer une longue fermeture Éclair.

Je suis retournée sur le palier avec Chloé, Quentin et les jumeaux. Je me suis assise sur la première marche et je me suis pris la tête entre les mains.

— J'en peux plus. Il faut que je parte d'ici.

— Papa nous a dit de rester là, m'a rappelé Chloé.

— Le pêcheur noyé pourrait t'attraper si tu sors, a ajouté Dylan.

J'ai repensé à la silhouette en ciré jaune que j'avais aperçue dans le phare. Tellement de trucs s'étaient passés depuis que je l'avais presque oubliée. Et ça me donnait encore plus envie de m'enfuir très loin.

— Je ne parle pas de la maison. Je parle de quitter cette île, et ce pays par la même occasion.

Les autres ont levé les yeux vers moi, apparemment choqués, mais je n'en avais rien à faire.

— C'est un vrai parcours du combattant de déménager d'un pays à un autre, a fait remarquer Quentin. Tu te souviens du temps qu'il a fallu pour qu'on arrive tous ici ? Ça m'étonnerait que maman ait envie de revivre ça.

— Oui, a renchéri Chloé, et est-ce que tu as pensé à papa ? Je suis sûre que le système scolaire est tellement différent aux États-Unis qu'il ne trouverait jamais de travail là-bas.

— Je ne parlais pas de nous tous. Juste de moi, Quentin et les jumeaux. Vous, vous pouvez rester.

— Ta mère n'acceptera jamais.

— Peut-être que ce n'est pas à elle de décider. J'ai envoyé un mail à papa. On repart vivre avec lui.

Les jumeaux et Quentin m'ont regardée fixement en silence. Je m'attendais à ce qu'ils soient contents, mais ils avaient plutôt l'air perdus.

— Papa avait tellement hâte que vous arriviez, a murmuré Chloé. Il va être si triste.

Je me sentais un peu mal pour elle, alors une partie de moi a eu envie de reconnaître que rien n'était encore fixé. Ensuite, je me suis souvenue à quel point elle avait été méchante avec cette histoire de rideaux tout à l'heure, alors je n'ai rien dit.

— Quand est-ce que vous partez ? a-t-elle demandé d'une petite voix.

— Je ne sais pas encore, il faut que j'appelle mon père pour qu'il réserve nos billets. Mais je ne peux pas parce que c'est le Dragon qui a le téléphone.

Là, je me suis rappelé la tirade de Quentin un peu plus tôt, devant la porte de Lola, et ça m'a donné une idée.

— Quentin, j'aimerais que tu fasses quelque chose. Ce sera très dangereux, mais tu es notre seul espoir.

— Génial ! Est-ce une noble quête ?

Maintenant, il fallait que je passe en mode princesse autoritaire.

— C'est cela même. Je te somme de pénétrer dans l'antre du Dragon et de lui dérober son trésor.

Il s'est mis à faire les cent pas en se frottant le menton.

— Je ne puis simplement « pénétrer dans l'antre du Dragon ». Seule une diversion me permettrait d'accomplir mon destin. Peut-être mes hardis compagnons pourraient-ils attirer le Dragon aux confins de son royaume, tandis que j'arpenterais les murs de la forteresse à la recherche d'une entrée dérobée ?

— Euh… Bien sûr. Je n'ai pas tout compris, mais sûrement.

— Il veut dire qu'il faut distraire Lola pour la faire sortir de sa chambre, a explicité Chloé. Ensuite, Quentin pourra escalader le treillis jusqu'au balcon, rentrer par la fenêtre et piquer son téléphone.

— Oh ! Pas mal comme idée. Enfin, je veux dire, preux chevalier, puissiez-vous trouver la bonne fortune dans votre vaillante quête.

Quentin a descendu les marches en faisant semblant de chevaucher son cheval.

Je me suis tournée vers Chloé.

— Je crois qu'il va avoir besoin d'un peu d'aide.

Je ne le pensais pas vraiment mais j'avais besoin que Chloé soit loin de moi. Ne serait-ce que quelques minutes.

CHLOÉ

Ne plus respirer le même air que Tab était un soulagement. Avoir mauvais caractère, c'est une chose. Mais essayer de briser notre famille avant même qu'on ait eu la moindre chance, c'était franchement détestable. Imaginez un peu ce que Marie ressentirait en la voyant repartir. Ou à quel point les jumeaux et Quentin seraient tristes de quitter leur mère. Elle ne pensait vraiment qu'à elle.

En tout cas, pour le moment, Quentin avait l'air plus concentré sur sa quête que sur l'idée de retourner en Californie. J'étudiais le treillis avec lui, à l'extérieur de la maison. Certaines des lattes horizontales étaient tombées, mais il en restait suffisamment pour atteindre le balcon. En revanche, je n'étais pas certaine qu'elles supporteraient le poids de Quentin. Le bois n'avait vraiment pas l'air en bon état.

— Tu crois que tu peux grimper jusqu'en haut ? ai-je demandé.

— Je ne faillirai point dans ma quête. Quand bien même le parcours serait semé d'embûches.

— Je vois. Souviens-toi juste qu'on n'est pas dans un roman de fantasy. Dans la vraie vie, tu n'as pas de baume elfique pour te guérir si tu te casses une jambe.

Milo a déboulé par la porte de derrière et s'est mis à aboyer en nous apercevant.

— De grâce, cessez, noble destrier. Vos fanfaronnades pourraient éveiller le Dragon.

Tandis que je caressais Milo pour le calmer, Quentin a posé le pied sur le barreau le plus bas. Sa chaussure est passée à travers le bois comme si c'était du beurre ramolli. Il a hésité.

— Euh, soyez brave, preux chevalier, je l'ai encouragé. Et vous serez à même de… terrasser vos ennemis.

Je n'avais pas lu beaucoup de livres de fantasy, mais ça me paraissait sonner à peu près juste.

Quentin a essayé un autre barreau. Cette fois, ça a tenu, et il a pu se hisser jusqu'au suivant. La quête était lancée !

TAB

Je me suis accroupie devant les jumeaux.

— Allez, tous les deux, faites vos têtes de malheureux.

Dylan a fait ressortir sa lèvre inférieure et Simon s'est frotté les yeux. Ils étaient très forts à ce jeu. Toutes ces années passées à essayer de faire céder maman à leurs caprices les avaient bien entraînés.

— Bien. Allons-y.

J'ai frappé à la porte de Lola.

— Qu'est-ce qu'il y a ? a-t-elle aboyé de l'autre côté.

— Il faut que je te parle, c'est une urgence.

— J'espère que c'est vrai, sinon ton urgence sera de déguerpir à l'autre bout de l'île.

J'ai entendu les ressorts du matelas couiner, puis le parquet grincer. Elle a ouvert la porte d'un coup sec et nous a regardés comme si on venait la réveiller au milieu de la nuit.

— On a vraiment besoin du téléphone. Les jumeaux veulent parler à maman.

Simon et Dylan ont levé vers elle des yeux larmoyants. C'était la tête qu'ils faisaient quand ils voulaient que maman leur achète des glaces au supermarché. Et en général, ça marchait.

Lola a croisé les bras.

— C'est ça, ton urgence ?

Bon. Donc faire appel au cœur de Lola ne fonctionnait pas. Je m'en doutais un peu, cela dit. Changement de stratégie : j'allais essayer de lui faire peur. J'ai écarquillé les yeux et j'ai pointé du doigt l'allée dehors.

— Tu as entendu cette histoire de fantôme de pêcheur qui vit sur l'île ? On raconte qu'il va s'introduire dans la maison et nous attaquer.

Dylan a poussé un cri d'effroi et j'ai vu que ses mains tremblaient pour de vrai. Il fallait peut-être que j'atténue un peu mon histoire.

— Il n'existe pas, bien sûr, mais ils ont besoin d'entendre ça de la bouche de maman. Ils sont très sensibles.

— Ils vont s'en remettre, a juste répondu Lola.

Elle a tenté de refermer la porte, mais je l'ai bloquée avec mon pied.

— Attends. Il y a autre chose.

Lola a soupiré.

— Quoi encore ?

Il fallait que je la fasse parler encore un peu pour que Quentin puisse remplir sa mission. De quoi est-ce qu'elle aimait discuter ? Qu'est-ce que je savais d'elle ? Voyons voir : elle adorait hurler. Elle adorait soupirer. Elle adorait froncer les sourcils... Soudain, je me suis souvenue de son petit ami Sébastien.

Je me suis approchée d'elle et j'ai chuchoté :

— J'ai besoin de tes conseils avec les garçons... Comment on fait pour avoir un petit ami ?

Les jumeaux ont poussé des « beurk » et autres cris de dégoût puis sont partis en grimaçant.

Lola a penché la tête, intriguée, puis a rouvert la porte un peu plus grand.

— Tu veux vraiment que je t'aide ?

— Bien sûr.

Je lui ai lancé l'espèce de regard pathétique que pouvait avoir Milo quand il avait faim.

— Tu sais, je n'ai jamais eu de grande sœur avant…

Et ça a fonctionné. Lola s'est penchée vers moi et m'a souri.

— La plupart des garçons sont aussi stupides que Milo. Tu peux leur faire faire ce que tu veux si tu leur parles de la bonne façon.

Les jumeaux riaient et se coursaient au rez-de-chaussée. J'ai fait deux pas en arrière pour m'adosser à la rambarde et Lola s'est avancée pour me suivre. Victoire ! J'avais fait sortir le Dragon de son repaire. C'était maintenant à Quentin de jouer. Lola a continué son explication :

— Il suffit de les regarder dans les yeux, de sourire, de leur faire plein de compliments et de rire à chaque fois qu'ils ont l'impression de dire un truc drôle. Et de secouer tes cheveux de temps en temps. Ça ne peut pas faire de mal.

Tout ça ne collait pas avec la façon dont j'avais entendu Lola traiter son petit ami. Mais peut-être qu'elle me donnait seulement des trucs pour les attirer. Peut-être qu'une fois qu'ils étaient pris dans nos griffes, on pouvait être aussi méchantes qu'on le souhaitait. C'étaient de bons conseils, finalement. Ça pourrait m'aider la prochaine fois avec Ben. Peut-être qu'avoir une grande sœur, ça avait ses avantages.

CHLOÉ

Quentin a grimpé sur le barreau suivant, puis il a viré à droite pour éviter une partie du treillis recouverte de mousse. La latte au-dessus étant toute pourrie, il lui a fallu redoubler d'efforts pour attraper la suivante sans déraper.

— Soyez fort, sire ! Vous pouvez y arriver !

J'entendais Tab discuter avec Lola. C'était super de tous unir nos forces pour quelque chose… Pourtant, on travaillait ensemble dans le but de se séparer. C'était un peu bizarre. Très vite, les voix ont semblé plus distantes. Tab avait dû réussir à éloigner Lola de sa chambre. C'était le moment ou jamais !

Quentin était arrivé au bas du balcon. Il m'a lancé un regard, et j'ai levé les pouces.

— Tu y es presque !

D'un bras, il a tenté de se hisser sur le barreau du haut. Un bruit de métal arraché a retenti. Cette fois, ce n'était pas juste un barreau de bois pourri qui avait cédé. On avait un sérieux problème. Le treillis a craqué. Les attaches au mur se sont dessoudées, emportant avec elles des morceaux de brique.

J'ai couru pour attraper le barreau du haut qui tombait, mais le bois fragile s'est effrité dans mes mains. Patatras ! Tout s'est effondré à mes pieds. Le treillis n'était plus qu'une pile de petit bois et de lierre arraché.

Quentin est tombé sur le dos, le souffle coupé par l'impact. Il est resté immobile un instant et j'ai cru que la chute l'avait assommé. Je me suis frayée un chemin parmi les décombres, le cœur battant.

— Ça va ?

— Ça va.

Sa voix haut perché et sa faible respiration montraient que ça n'allait pas aussi bien qu'il le prétendait. Mais il était vivant, c'était déjà ça.

Il s'est relevé et a retiré des éclats de bois de ses vêtements.

— Qu'est-ce que vous faites ? a hurlé Lola.

J'ai levé les yeux. Lola, Tab, Paul et les jumeaux nous observaient du balcon. Lola nous fusillait du regard. Les autres étaient bouche bée.

— Notre noble quête a failli, s'est lamenté Quentin.

— Eh ben, tu sais quoi, Frodon ? l'a raillé Lola. Ça tombe bien parce que j'en ai une nouvelle pour toi. Nettoie-moi tout ça, et que ça saute !

Quentin a retiré ses lunettes et a enlevé un morceau de lierre qui y était resté accroché. Les jumeaux ont échangé un regard et ont pouffé.

— Je suis contente que vous trouviez ça drôle, a coupé ma grande sœur. Parce que vous allez tous l'aider. Je ne veux plus vous voir tant que ce bazar n'a pas disparu.

Au moins, ça nous donnait une nouvelle occasion de faire quelque chose ensemble. J'ai pris une grande inspiration et j'ai commencé à trier les débris du treillis. Après tout, c'était peut-être une meilleure occupation que de réfléchir à comment séparer notre famille.

CHAPITRE SEPT

TAB

Du bout des doigts, j'ai ramassé un morceau de bois plein d'échardes et je l'ai lancé à Paul, qui l'a ajouté au petit tas près des toilettes.

— Il faut aller plus vite, a-t-il insisté. Lola a dit qu'on pourrait manger une fois que ce serait fait. Prenez deux morceaux à la fois.

Au mot « manger », mon estomac s'est remis à gargouiller.

— Il y a des insectes dégueu dessus, ai-je fait remarquer.

— Tire un peu tes manches pour te protéger les mains, a suggéré Chloé. Ce n'est pas grand-chose.

Elle est passée devant moi avec un bloc de bois dans chaque main, en chantonnant.

J'ai continué ma corvée, et Paul a continué de râler :

— C'est quand même dingue ! Ça ne vous a pas traversé l'esprit qu'un treillis comme ça n'était pas fait pour supporter le poids d'une personne ? Moi, je vous aurais trouvé un bien meilleur plan, si vous étiez venus me voir.

Longtemps, je me suis demandé ce que ça faisait d'avoir un grand frère. Eh bien, c'était beaucoup plus casse-pieds que ce que j'avais imaginé. Apparemment, ils étaient super forts pour donner des conseils une fois la catastrophe arrivée.

Au bout d'une heure de tri, on avait presque terminé. Alors je me suis aperçue que les jumeaux avaient disparu. Partir à leur recherche serait une bonne excuse pour faire une pause.

— Je vais voir où sont Simon et Dylan.

— Bonne idée, a répondu Paul. Ramène-les ici au plus vite.

Je l'ai laissé avec Quentin et Chloé se charger du reste du travail.

Je suis rentrée dans la cuisine par la porte de derrière. C'était une pièce gigantesque, avec des murs beiges, un sol en pierre et une énorme table en bois au milieu. Des casseroles en cuivre et des ustensiles étaient suspendus par ordre de taille, et il y avait un grand four noir avec cinq compartiments séparés. J'ai ouvert chaque tiroir de la pièce, mais il n'y avait rien à manger. Je ne m'attendais pas non plus à me retrouver dans un restaurant gastronomique, mais ça valait la peine d'essayer.

Mon estomac grondait toujours, et rien que de me trouver dans cette cuisine, ça empirait. Alors je suis sortie en me disant que j'allais un peu visiter les lieux. À l'étage, je suis d'abord passée devant la pièce où Paul avait planté sa tente. Le tapis de sol qu'il avait cloué au plafond était déjà rempli d'eau de pluie.

À côté, c'était la chambre de Lola. J'ai pris soin de garder mes distances. Encore après, il y avait une pièce avec deux lits simples et un plancher tout taché. Cet endroit était vraiment en mauvais état. Comment est-ce que Carl et maman avaient pu se dire que ce serait une bonne idée de nous amener ici le temps de s'occuper de la nouvelle maison ? S'ils tenaient vraiment à ce que les deux moitiés de la famille se soudent, pourquoi ne pas nous avoir emmenés dans un endroit sympa, comme un hôtel avec piscine, si possible situé en centre-ville pour pouvoir faire du shopping ?

Peu importe. Papa allait sûrement comprendre et nous laisser rentrer en Californie dès que j'aurais réussi à le contacter.

J'ai essayé les deux portes du fond. La première donnait sur une salle de bains. J'ai pensé que la seconde me mènerait à un placard, puisqu'il n'y avait de place pour rien d'autre. Mais en l'ouvrant, je me suis retrouvée au pied d'un escalier en bois. Naturellement, je suis montée et j'ai découvert un grand grenier. Stupéfaction : pas une pile de vieux cartons en vue, pas une latte de plancher manquante. Il y avait deux grandes fenêtres sur chaque pan de toit et un poêle en fonte tout au fond. Deux lits simples étaient calés contre les murs, de part et d'autre de la pièce. Un télescope sur un haut trépied faisait face à la fenêtre du fond. Une épaisse charpente soutenait le toit et j'étais obligée de me baisser pour ne pas me cogner la tête par endroits. Il valait mieux ne pas être trop grand, mais c'était parfait pour moi !

J'ai avancé jusqu'à la fenêtre qui donnait sur la baie : j'ai pu voir la forêt dans laquelle Milo s'était échappé et même apercevoir le phare au loin. J'ai plissé les yeux pour y déceler le jaune d'un ciré de pêcheur, mais je n'ai rien vu.

À gauche, j'ai reconnu les bâtiments gris de la ferme de Ben. J'ai même distingué sa silhouette minuscule qui parcourait une colline constellée de moutons. J'avais envie de le rejoindre en courant, mais ça faisait loin. Le temps d'y arriver, je me retrouverais encore pleine de sueur.

J'ai choisi le lit côté gauche et je me suis glissée sous les draps, qui étaient étonnamment propres et sentaient la lessive plutôt que le moisi. Pour la première fois depuis mon arrivée à Kelder Island, je me sentais bien. Pas de disputes familiales, pas de Chloé, pas de chien qui aboie. Mon petit espace de perfection. Je voulais m'endormir et me réveiller seulement quand maman et Carl seraient rentrés, avec de quoi manger et nos téléphones… Non, en fait il valait mieux que j'attende jusqu'à ce soir pour dormir. C'était la meilleure façon de vaincre le décalage horaire.

En revanche, il fallait absolument que cette chambre me revienne. Personne ne devait en découvrir l'existence.

Je suis sortie du lit à contrecœur et j'ai ouvert la fenêtre côté sud. Chloé, Paul et Quentin étaient toujours occupés avec leurs morceaux de treillis. Comme par hasard, c'est ce moment que Chloé a choisi pour lever les yeux.

Nos regards se sont croisés. Oh non ! La dernière chose que je voulais, c'était que ce soit elle qui découvre cette pièce.

— Monte pas à l'étage ! ai-je crié.

— Quoi ? a-t-elle répondu en criant aussi.

— Je cherche les jumeaux, mais je vais bientôt redescendre.

— QUOI ? a-t-elle hurlé en plaçant la main derrière l'oreille.

— MONTE. PAS. À. L'ÉTAGE.

Chloé a souri et a filé vers la porte. Super. Fini mon moment de tranquillité. Je l'ai entendue escalader les marches, ouvrir la porte et grimper l'escalier en bois.

— Qu'est-ce que tu voulais ? a-t-elle demandé.

— Rien du tout.

— Je croyais que tu m'avais dit de monter à l'étage.

— En fait, j'ai dit « monte pas à l'étage ». Alors si tu veux bien redescendre…

Mais Chloé ne m'écoutait plus, elle était bien trop occupée à regarder autour d'elle.

— Waouh, cette chambre est incroyable !

Elle est partie vers la fenêtre et a essuyé la poussière du revers de sa manche.

— On voit le phare ! Et la ferme. Regarde… Attends… ce serait pas Ben ?

Elle a ouvert la fenêtre et a agité frénétiquement les bras en criant : « You-hou ! »

— Il ne pourra jamais te voir de là où il est. Avec un peu de chance, il va distinguer une petite fenêtre sombre.

— Ça valait la peine d'essayer. Oh, super, un télescope !

Elle a fait pivoter l'appareil puis elle a ri.

— J'allais te demander ton signe astrologique, mais tu es Lion comme moi, puisqu'on est nées le même jour. Je suis bête !

Elle s'est étalée sur le lit près de la porte avec entrain.

— Je crois que je vais dormir ici, ce soir.

Mais qu'est-ce qui m'avait pris d'ouvrir cette fenêtre ? J'aurais pu dire à tout le monde que c'était un grenier humide et miteux, et personne ne s'en serait approché.

Comment me débarrasser de Chloé, maintenant ?

— Je serais toi, je ne resterais pas là. C'est blindé d'araignées. J'en ai vu une aussi grosse que Milo tout à l'heure.

Elle a haussé les épaules.

— Je vivais dans une ferme avant, alors les araignées, ça ne me fait pas grand-chose.

On n'en a pas de venimeuses ici de toute façon. Vous en avez en Amérique ?

— Pas dans les centres commerciaux que je fréquente. Enfin bref, oui, mais bon… par contre… il va faire froid ici cette nuit, tu serais probablement mieux dans une autre chambre.

— Ça ne me dérange pas. Je n'ai pas envie de dormir dans un endroit trop étouffant.

J'ai décidé que je trouverais une façon de garder cette chambre pour moi plus tard. Pour le moment, je voulais juste avoir la paix quelques minutes. Et puis je me suis souvenue à quel point elle mourait d'envie de gagner à cache-cache tout à l'heure, même si les autres s'en fichaient. J'avais un plan !

— Tu as vu les jumeaux ? ai-je demandé. À la base, j'étais venue ici pour les chercher.

— Non. Ils jouent encore à cache-cache ?

— Je crois…

Je me suis dirigée vers la fenêtre côté nord et j'ai regardé le toit grisâtre à côté.

— Je parie qu'ils sont cachés dans la grange. Mais Paul va sûrement les trouver en premier, pas la peine que tu ailles les chercher.

Chloé a bondi de son lit.

— Ah mais si ! Je suis la meilleure à ce jeu !

Bingo ! Elle a dévalé l'escalier. Enfin tranquille. Je me suis rallongée sur le lit, les mains derrière la tête. Ah, la satisfaction du travail bien fait !

CHLOÉ

J'ai filé vers la grange. C'était un grand bâtiment avec un long toit pentu, des murs en pierre et quelques fenêtres en hauteur. Ses larges portes en bois étaient closes, mais j'ai réussi à entrouvrir celle de droite en insistant un peu. Si les jumeaux étaient passés par là, ils avaient dû mettre toutes leurs forces pour arriver à la refermer derrière eux.

À travers la fente, je ne distinguais rien d'autre que quelques bottes de foin. J'ai cru voir quelque chose bouger près du plafond. Comment est-ce que Dylan avait trouvé le courage de se cacher dans un endroit aussi sombre ? Je n'étais pas rassurée.

— Simon ? Dylan ?

Quelque chose d'humide à soudain touché ma main, et j'ai hurlé.

Je me suis retournée d'un bond. C'était Milo. Il remuait la queue et me reniflait la paume. Derrière lui, Paul et Quentin ricanaient.

— Je ne devrais pas avoir besoin de te dire qu'il ne mord pas, a dit Paul avant d'ouvrir la porte.

Quentin a joué des coudes pour passer devant moi. Ce n'était pas juste. Je voulais entrer la première.

— C'est quand même moi qui gagne si les jumeaux sont cachés ici.

— Qui gagne quoi ? a demandé Quentin.

Sans répondre, je suis entrée à mon tour. Grâce à la faible lueur provenant des fenêtres, j'ai pu mieux voir les piles de bottes de foin éparpillées sur le sol.

— Waouh ! s'est écrié Quentin en regardant le plafond.

Je n'avais pas rêvé. Il y avait bien des formes sombres qui s'agitaient là-haut, pendues la tête en bas.

— Des chauves-souris ! s'est réjoui Quentin. Comme dans le livre *La vallée des créatures 5 : Nuée de crocs*. Laissez-moi les bannir avec un sort !

Quentin a attrapé un morceau de paille et l'a pointé vers les chauves-souris, mais Paul a interrompu son geste.

— Ces animaux ne sont pas dangereux et personne n'a besoin de les bannir. Laisse-les dormir.

L'odeur de terre me rappelait notre ferme, et tout à coup, j'ai été prise de nostalgie en songeant à notre vie d'avant. Je voulais retourner dans notre ancien chez-nous, avec nos moutons et nos vaches, là où tout le monde s'entendait bien. Les animaux étaient tellement plus faciles à comprendre que les frères et les sœurs.

Je me suis laissée tomber sur une botte de foin et j'ai poussé un long soupir.

— Qu'est-ce qu'il y a ? s'est inquiété Quentin.

— Rien. Je me demande juste si on va survivre.

— À cause du pêcheur noyé ? a demandé Paul. Tu sais bien qu'il n'existe pas.

— Non, je parlais de survivre en tant que famille. Tout est si compliqué.

Je songeais à tout ça quand j'ai remarqué une ombre qui grandissait sous la porte. Quelqu'un approchait doucement.

— C'est qui ? ai-je appelé.

Pas de réponse. Je commençais à paniquer. L'intrus ne pouvait pas être quelqu'un de la famille, il était trop grand. En plus, il était vêtue d'un ciré jaune.

— Ce n'est pas… lui, si ? a chuchoté Quentin.

— Le pêcheur noyé, me suis-je exclamé tout bas.

Ses yeux étaient dissimulés sous une capuche et ses mains semblaient beaucoup trop petites par rapport à son corps. Instinctivement, je me suis protégé le cou, par peur de me faire étrangler.

— Qu'est-ce que vous nous voulez ? ai-je demandé d'une voix tremblante.

J'ai essuyé une goutte de sueur sur mon front et j'ai regardé les autres. Quentin avait reculé tout au fond de la grange, tandis que Paul observait la silhouette les bras croisés.

Milo s'est précipité en avant et a aboyé. L'intrus a vacillé et laissé échapper un horrible gloussement enfantin. L'espace d'un instant, j'ai cru que j'allais hurler. Et puis j'ai compris ce qui se passait.

Milo a attrapé le ciré et a tiré dessus, révélant Simon en équilibre précaire sur les épaules de Dylan. Ils nous pointaient du doigt en se tordant de rire.

— Je suis le pêcheur noyé ! a tonné Simon en prenant la voix la plus grave possible. Je suis venu vous kidnapper !

Dylan riait si fort qu'il s'est écroulé et que Simon est tombé.

— Pourquoi vous avez fait ça ? me suis-je énervée.

— C'était pour rigoler, a répondu Simon en finissant de retirer le ciré. On l'a trouvé dans une des chambres. On vous a entendus dans la grange, alors on a voulu vous faire une blague.

— C'était peut-être drôle pour vous, a dit Quentin, mais Chloé a vraiment eu peur.

— Moi, j'ai eu peur ? C'est toi qui t'es caché au fond de la grange en tremblant !

Quentin a eu un rire forcé.

— Je savais que c'était eux.

— Ce genre de blague, ce n'est pas drôle. C'est juste méchant, ça peut même être dangereux. Et si Paul vous avait cogné dessus avec un râteau ?

— Impossible, parce que je n'y ai pas cru une seconde.

— Je continue de penser que ce n'était pas très malin de votre part de faire ça.

— C'était juste pour rire, on voulait pas t'énerver, s'est justifié Dylan.

Sa lèvre frémissait déjà, et il regardait ses chaussures. Il s'est frotté les yeux et a sangloté doucement.

— T'occupe pas d'elle, a dit Simon en lui posant la main sur l'épaule. Elle fait juste sa grincheuse.

Décidément, ces jumeaux savaient m'en faire voir de toutes les couleurs. D'abord, j'avais eu peur, ensuite je m'étais énervée, et maintenant, je me sentais coupable.

— Bon, d'accord, d'accord. Désolée de vous avoir grondés. Mais je ne retire pas ce que j'ai dit. Il faut faire très attention quand vous faites des blagues de ce genre.

— Des blagues comme celle-là ? a demandé Dylan.

Il a retiré les poings de ses yeux et m'a regardée avec un grand sourire.

— Je pleurais même pas !

Simon et Dylan ont pouffé derrière leur main. Grrr… ils étaient horripilants !

— Ils ne font que jouer avec toi, m'a rassurée Quentin. C'est un truc de jumeaux.

Simon a mis le ciré sur son épaule et s'est dirigé vers la sortie.

— On a faim. On peut manger ?

— Ça aussi, c'est un « truc de jumeaux » ? Demander une faveur aux gens avec qui on vient d'être méchant ? De toute façon, il n'y a rien à manger.

— Mais si, m'a corrigée Dylan. On a vu un sac en plastique plein de nourriture dans l'entrée.

Paul et Quentin ont bondi à l'extérieur dès qu'ils ont entendu le mot « nourriture ».

— Si c'est encore une de vos blagues…

J'espérais qu'ils disaient la vérité. Avec un peu de chance, un repas mettrait tout le monde de meilleure humeur et arrangerait peut-être les choses.

CHAPITRE HUIT

CHLOÉ

Debout devant le buffet de la cuisine, Paul fouillait dans le fameux sac en plastique.

— On est trop bêtes, ai-je dit. Pendant tout ce temps, on mourait de faim alors que papa et Marie nous avaient laissé à manger.

— Est-ce qu'il y a du couscous ? a demandé Dylan. Nous, on aime ça.

— Moi, je prendrai des sushis s'il y en a dans les provisions, a déclaré Quentin.

— Non et négatif, a répondu Paul.

Il a lancé une boîte en plastique triangulaire contenant deux sandwichs caoutchouteux à Quentin, qui l'a attrapée au vol et a lu l'étiquette.

— « Fromage-marmite »... Il y a des morceaux de marmite dedans ?

— Mais non, c'est une spécialité anglaise, a répondu Paul. Ça se prononce « marmaïte ».

— Ah ! Et, euh, ça ressemble à quoi ?

— À ce que tu grattes sous tes semelles quand tu as marché dans quelque chose de vraiment dégueu.

— Ça donne envie…

Quentin a reposé les sandwichs au milieu de la table. Paul a tendu un grand sachet de snacks soufflés au fromage à Simon, qui l'a tout de suite ouvert. Dylan et lui se sont alors mis à mastiquer bruyamment.

— Eh ! Chloé !

Paul m'a envoyé un yaourt, que j'ai rattrapé *in extremis*.

— Attention, t'aurais pu en mettre partout !

— Partout dans cette somptueuse cuisine qui va être démolie demain ? Quelle tragédie !

J'ai retiré l'opercule et une odeur de lait caillé s'est échappée du pot.

— Il a tourné.

— J'espère bien, a rétorqué Paul. C'est ce qu'on appelle un yaourt. C'est du lait qui a tourné.

— Ce n'est pas tout à fait exact, est intervenu Quentin. Le yaourt, c'est en réalité du lait fermenté.

Puis il a entrepris un exposé sur le processus de fabrication du yaourt.

Les sandwichs fromage-marmite n'avaient toujours pas trouvé preneur. J'y avais songé, mais ils n'avaient vraiment pas l'air appétissants. Le pain était imbibé de sauce, et les bords se recroquevillaient.

Tout à coup, la porte s'est ouverte et Tab a débarqué.

— Vous avez trouvé à manger et vous ne m'avez pas prévenue ? C'est pas sympa.

— Ne te réjouis pas trop vite, tout est dégueu, a répondu Quentin.

Tab s'est assise sur un tabouret entre les jumeaux et moi et a ouvert le paquet que lui tendait Paul. Elle a reniflé l'intérieur et a toussoté de dégoût. Ensuite seulement, elle a lu l'étiquette.

— « Sandwichs à la purée d'anchois ». Beurk !

— On les veut bien, nous, si tu ne les prends pas, a dit Simon.

Il a attrapé les sandwichs et en a donné un à Dylan. Ils ont tous les deux retiré la croûte et ont mordu dans le pain à pleines dents.

— Vous savez que ce n'est probablement pas issu de la pêche responsable, hein ? a dit Tab. Maman ne sera pas contente.

Simon a haussé les épaules et a pris une nouvelle bouchée.

— Je suis sûre qu'elle a vérifié dans le magasin avant d'acheter.

Paul lui a envoyé un autre sandwich.

— Essaie celui-là.

Cette fois, Tab a lu l'étiquette avant toute chose.

— « Jambon de pays » ? T'es au courant qu'on est végétariens ?

— Rassure-toi, il y a une option végétarienne. Ça consiste à enlever le jambon et manger le pain.

Paul a ricané et j'ai essayé de ne pas l'imiter, parce que Tab faisait vraiment la tête.

— Votre père est tellement attentionné. Il emménage avec une famille végétarienne et il achète des sandwichs au jambon et à la purée d'anchois. C'est fou comme il se soucie de nous !

Pourquoi est-ce qu'elle avait besoin d'être méchante avec papa ? Après tout ce qu'il avait fait pour les accueillir et pour l'achat de la nouvelle maison, c'était un miracle qu'il ait eu le temps de faire les courses, même si rien ne donnait envie.

— Il fait de son mieux, ai-je dit.

On a mangé ce qu'on a pu au son des snacks au fromage qui croustillaient sous la dent.

Et puis on a entendu des bruits de pas dans l'escalier. Lola a passé la tête dans l'embrasure de la porte de la cuisine.

— Bon, papa et Marie ont appelé, ils vont rentrer tard. Alors choisissez vos chambres et allez vous y installer maintenant.

J'ai sauté de ma chaise en m'exclamant.

— Je veux dormir dans le grenier !

Toute la journée, j'avais attendu de choisir ma chambre. Au premier regard, j'avais su que le grenier serait parfait pour moi.

— Hé ! a protesté Tab. J'ai trouvé cette chambre en premier, c'est moi qui dois l'avoir. C'est normal, non ?

— Non, c'est moi qui dois l'avoir parce que j'ai parlé la première quand on nous a demandé de choisir. Comme quand tu as dit « prems » pour être devant dans la voiture.

Résultat, j'avais dû aller m'asseoir tout au fond avec les jumeaux, alors que j'étais à la place de Tab pendant le trajet jusqu'à l'aéroport. Je ne me serais pas laissé faire si facilement si j'avais su qu'on allait y passer la nuit.

— Sauf que tout le monde sait qu'il faut dire prems pour la voiture. Ça ne marche pas comme ça avec les chambres.

Lola a soupiré.

— Vous n'avez qu'à partager.

— Hein ? Quoi ? a crié Tab.

— C'est pas juste ! ai-je ajouté.

— Vous avez le même âge, alors ça ira. Les autres, choisissez vos chambres. Et si vous avez le moindre souci ou que quelque chose n'est pas à votre goût, voyez ça avec Milo parce que moi, je m'en fiche.

Elle a claqué la porte.

C'était quoi le rapport avec notre âge ? Moi qui avais tellement hâte de m'installer dans cette chambre incroyable ! Et maintenant, il allait falloir la partager avec Tab la râleuse. Même dormir avec le pêcheur noyé aurait été plus sympa.

J'ai traversé péniblement le couloir et j'ai récupéré mon sac jaune dans le tas de bagages. Il était facile à repérer, c'était une des raisons pour lesquelles j'avais choisi une couleur aussi jolie et gaie.

Quand je suis remontée au grenier, Tab était penchée à la fenêtre. Elle a souri en se tournant vers moi. Pour une fois. J'ai essayé de lui sourire en retour, mais j'étais encore trop énervée. J'ai lâché mon sac sur le lit et j'ai sorti une pile de tee-shirts et de sous-vêtements. De son côté,

Tab sélectionnait une nouvelle tenue. Choix difficile : du noir, du noir ou du noir ?

— Certaines chambres ont l'air jolies au premier étage, ai-je dit.

— Pourquoi tu n'y emportes pas tes affaires, alors ?

— Tu ne veux pas au moins regarder ? Tu en trouveras peut-être une qui te plaira.

Je n'y croyais pas vraiment. Aucune chambre n'arrivait à la cheville de celle-ci.

— Non, a martelé Tab.

— Tu n'as pas envie d'être plus près des jumeaux ? Dylan aura peut-être peur de dormir dans un endroit nouveau.

— Ça ira, il sera avec Simon.

Aucune de mes tactiques ne portait ses fruits, alors j'ai tenté d'être honnête.

— J'aimerais vraiment avoir un peu de temps seule. S'il te plaît, tu ne veux pas aller voir les autres chambres ? Je te le demande comme une faveur.

— C'est moi qui ai trouvé cette chambre. C'est à toi de partir.

Elle a tapoté son oreiller et a souri de nouveau. Je n'allais pas réussir à la raisonner, alors autant se faire à l'idée de partager. Peut-être que je pourrais faire une séparation avec des cartons.

Je me suis assise sur mon lit, mais il n'y avait pas de draps. Pourtant il y en avait tout à l'heure, j'en étais certaine.

— Qu'est-ce qui est arrivé à mon lit ?

Tab a pouffé et a tourné les yeux vers la fenêtre.

Je m'y suis précipitée en évitant de me cogner contre la charpente. Mes draps jaunes voletaient dans le chêne à gauche. La fine bruine les avait déjà trempés. Ça expliquait son sourire satisfait.

— Oh non ! s'est-elle moquée. Est-ce qu'ils se sont envolés ?

Je me suis sentie devenir toute rouge. J'ai essayé de compter jusqu'à dix. C'est comme ça qu'il faut faire quand on est en colère, pour ne pas faire quelque chose qu'on pourrait regretter. J'ai pris une grande inspiration et j'ai compté.

— Un... Deux... Trois...

Mais ça ne servait à rien. Tab était beaucoup trop énervante. Alors j'ai couru vers son lit pour attraper son oreiller, que j'ai jeté par la fenêtre. Il s'est logé lui aussi dans l'arbre et a commencé à boire la pluie.

— Oh ! là, là ! ton oreiller s'est envolé aussi.

Tab s'est ruée sur mon lit, a saisi quelques-uns de mes vêtements et s'est précipitée à la fenêtre.

— Non ! J'en ai besoin !

Tab m'a fait un sourire mauvais et a jeté mon tee-shirt arc-en-ciel par la fenêtre. Il s'est pris dans une branche et s'est mis à flotter dans le vent comme un drapeau.

— Oh mince, il y a vraiment beaucoup de vent ! J'avais entendu parler du mauvais temps anglais, mais là, ça dépasse ce que j'avais imaginé.

— Arrête ! ai-je crié. Ça suffit !

— C'est pas moi, c'est le vent.

Puis elle a balancé mes chaussettes vertes et oranges.

Je me suis précipitée sur elle pour essayer de rattraper les vêtements restants, mais trop tard. Ma culotte à fleurs s'est retrouvée suspendue sur une branche basse et mon débardeur blanc est tombé dans une flaque.

Tous mes vêtements préférés allaient être trempés et dégoûtants. J'ai senti une colère brûlante envahir mon corps.

Une petite voix dans ma tête m'a dit de sortir pour me calmer. Il me suffirait de tout dire à papa et Marie, et ils puniraient Tab. Mais la colère ne retombait pas. J'avais essayé d'être gentille avec elle, et elle n'avait fait qu'être méchante avec moi. Si je ne me faisais pas respecter maintenant, ça n'irait pas en s'améliorant.

J'ai inspecté la pièce en réfléchissant à une manière de me venger. J'ai repéré une énorme araignée sur le rebord de la fenêtre. Je l'ai prise dans mes mains et l'ai déposée sur le lit de Tab, à la place de son oreiller.

— Dors bien, lui ai-je dit avec un sourire.

— Sérieux ? C'est ça ta contre-attaque ? Poser un faucheux sur mon lit ? T'es en maternelle ou quoi ?

— Je suis peut-être en maternelle, mais moi je sais que ce n'est pas un faucheux. C'est une araignée. C'est mon papa qui me l'a appris.

Tab est repartie s'asseoir sur son lit. Elle a regardé l'araignée grimper sur le mur puis s'est de nouveau tournée vers moi en s'essuyant les yeux.

— Bien essayé, ai-je dit. Mais tu viens juste d'admettre que tu n'avais pas peur des araignées. Alors tu peux ravaler tes larmes de crocodile.

Elle n'a répondu que par quelques sanglots discrets ponctués de reniflements.

— Tu pleures vraiment parce que j'ai posé une araignée sur ton lit ?

Elle a levé les yeux vers moi. Ils étaient rouges et de grosses larmes coulaient sur sa joue gauche.

— Tu trouves ça sympa, toi, de me parler de mon père en ce moment ? a-t-elle murmuré d'une voix éraillée.

— Je n'ai pas parlé de ton père. J'ai parlé du mien.

— Arrête ça !

Ses sanglots se sont changés en gémissements de plus en plus forts. Les larmes coulaient à flots, plus vite qu'elle ne pouvait les essuyer.

— Chut ! Sinon Lola va…

— Tu serais dans quel état, toi, si tu devais abandonner ton père !

Des bruits de pas ont retenti dans le couloir. Lola.

J'ai posé l'index sur mes lèvres, mais Tab a hoqueté de plus belle.

Lola a ouvert la porte en bas de l'escalier et est arrivée au pas de course.

— Qu'est-ce qui se passe ici ?

— Dis-lui d'arrêter de parler de papa, a pleuré Tab.

Lola a croisé les bras et m'a fusillée du regard.

— Chloé ! Leur père doit vraiment leur manquer. Ce n'est pas bien de remuer le couteau dans la plaie.

— Mais je parlais de notre papa à nous ! Je n'ai jamais dit quoi que ce soit sur son père !

Tab a sorti un mouchoir de sa poche. Lola a secoué la tête.

— Je ne m'attendais pas à ça de ta part, Chloé. C'est vraiment pas cool.

Je n'arrivais pas à y croire. C'était un accident ! Tab avait été détestable, et une partie de moi était contente d'avoir eu ma revanche. Mais être séparée de son père, ce devait être difficile. Personne ne méritait ça.

— Je suis désolée. Je ne voulais pas te blesser.

— Contente de l'entendre, a dit Lola. Laisse cette chambre à Tab, et va dormir dans la bibliothèque.

Elle est redescendue et les sanglots de Tab se sont évanouis.

J'ai récupéré mon sac, devenu très léger. C'était terrible d'abandonner le grenier, mais après tout, si Tab était vraiment triste pour son père, peut-être qu'elle en avait plus besoin que moi. J'ai descendu les deux premières marches. Le vent sifflait dans l'interstice entre les tuiles.

— Chloé ?

Je me suis tournée. Enfin, après tant d'hostilité, j'allais peut-être avoir droit à un peu de gratitude.

— Oui ?

Un sourire a fendu le visage de Tab.

— Ça, c'est une vraie contre-attaque !

Elle m'avait eue. Elle n'était pas triste du tout. Elle avait joué la comédie pour pouvoir garder la chambre ! J'ai lâché mon sac dans l'escalier et il a dévalé les marches. J'étais tellement énervée que j'avais du mal à respirer.

— C'est pas drôle ! ai-je crié.

Tab a refermé la fenêtre. Le ciel était rempli de gros nuages noirs et il commençait à pleuvoir vraiment fort.

— Pas la peine d'en faire des caisses, a-t-elle rétorqué.

— Mais c'est grave ! Je ne te ferai plus jamais confiance ! Et moi qui essayais d'être gentille avec toi !

Il y a eu un coup de tonnerre, et la pluie s'est mise à bombarder le toit. De l'eau s'infiltrait à travers un trou dans un chevron.

— Mais bien sûr, a répondu Tab. Tu essaies toujours d'être gentille. Toute souriante. Et ça m'énerve. Cette nouvelle famille, cette maison pourrie, tout ça, ça craint. Pourquoi tu ne veux pas l'admettre ? Tu vois pas que tu empires les choses à essayer de faire croire que tout est parfait ?

— Je ne pense pas que tout soit parfait. Mais ça sert à quoi de s'habiller en noir et de faire la tronche tout le temps ? Ça plombe tout le monde. Tu as bien vu comment Ben a réagi tout à l'heure.

Tab s'est empourprée et s'est avancée vers moi. J'ai fait un pas en arrière dans l'escalier.

— Oui, c'est vrai que toi, par contre, tu l'as beaucoup impressionné.

Elle a pris une voix pleurnicharde qui, j'imaginais, était censée ressembler à la mienne.

— Oh ! là, là ! je voudrais que tout le monde m'aime. Oh ! là, là ! j'essaie toujours très fort de plaire à tout le monde.

Alors selon elle, être gentil était la pire chose qu'on puisse faire. Mais je m'en fichais, je savais que Ben m'avait bien aimée et avait été rebuté par le côté ronchon de Tab.

— Oui, je fais toujours des efforts. J'ai tout fait pour que tu te sentes la bienvenue, mais visiblement je n'aurais pas dû.

Un bref éclat de lumière blanche est venu illuminer le ciel sombre, puis le tonnerre a grondé à nouveau.

Tab me dominait du haut des marches. Elle avançait lentement pour me forcer à quitter son territoire, comme les chats dans notre ancienne ferme.

— Je déteste cette famille, a-t-elle murmuré. Et par-dessus tout, je te déteste, toi. Maintenant, sors de ma chambre.

J'ai ramassé mon sac et je suis partie. Tab avait gagné. Pour l'instant. Mais je ne pouvais pas la laisser s'en sortir aussi facilement après m'avoir traitée de cette façon. Il fallait que je trouve un endroit calme pour mettre au point ma revanche.

CHAPITRE NEUF

TAB

Je feuilletais un de mes livres, allongée sur mon lit.

Mon lit. Ma chambre. Ça sonnait bien. J'avais gagné. Ha ! Et miss Bisounours avait perdu.

Le simple fait de repenser à elle m'énervait. De quel droit elle se permettait de me dire ce que Ben pensait de moi ? Elle ne lisait pas dans ses pensées, que je sache. Sinon elle aurait découvert qu'il m'aimait bien et qu'il la trouvait reloue. Comme n'importe quelle personne saine d'esprit.

J'ai essayé d'oublier ces bêtises pour me concentrer sur ma lecture. Ça parlait d'une fille qui vivait dans un futur cauchemardesque, où tout le monde était réparti dans différents groupes en fonction de la couleur de ses cheveux. La pauvre avait des problèmes bien pires que les miens, pourtant je n'arrivais pas à rentrer dans l'histoire.

J'ai fermé mon livre et je me suis mise sur le dos pour écouter la pluie tomber. Tout ça serait bientôt terminé. Papa viendrait nous sauver et la vie reprendrait son cours normal : passer du temps avec des amis que j'avais choisis, pas avec ces débiles qu'on m'avait imposés ; boire des smoothies dans un centre commercial plutôt que de manger des sandwichs périmés dans une maison en ruine ; vivre sous le soleil, pas sous la pluie battante…

Soudain, on a frappé à la porte.

— Va-t'en Chloé, c'est pas ta chambre.

— On n'est pas Chloé.

C'était la voix de Dylan. J'ai entendu Simon prendre une bouffée de son inhalateur.

— Qu'est-ce que vous voulez ?

La porte s'est ouverte en grinçant et je les ai entendus monter. La tête de Simon est apparue, puis celle de Dylan au-dessus de lui.

— Quoi ? ai-je demandé.

— On dirait Lola le Dragon, a répondu Dylan.

Ils avaient raison. J'étais si remontée que je m'étais emportée. Plein de choses nulles m'étaient arrivées depuis qu'on avait débarqué en Angleterre, mais jamais à cause d'eux.

— Désolée, les gars…

Je me suis décalée dans un coin de mon lit en signe d'invitation.

— Toutes les grandes sœurs ne sont pas des dragons. Venez.

— Elle est cool cette chambre, a dit Simon en montant les dernières marches et en regardant tout autour de lui.

Le temps était toujours aussi anglais mais le toit tenait bon, même si ça gouttait par-ci, par-là. Avec une cheminée en état de marche, on aurait pu trouver l'endroit cosy.

— Il y avait ça devant la porte d'entrée, a dit Simon en me donnant un morceau de papier. C'est pour toi.

Ils avaient dû mal comprendre. Comment est-ce qu'on pouvait déjà recevoir du courrier alors qu'on venait à peine d'arriver ?

Pourtant, mon prénom était bien griffonné sur le papier plié. Je l'ai tout de suite ouvert pour regarder qui l'avait signé.

Ben.

Mon cœur s'est mis à battre à toute allure et je ne pouvais pas m'empêcher de trembler en lisant.

Chère Tab,

J'ai senti que le courant était vraiment passé entre nous ce matin, devant les falaises. Je te trouve cool et j'adore ton style. J'ai vu que tu m'aimais bien aussi. C'est pour ça que je t'écris ce mot, pour qu'on se revoie. Je t'attends dans la grange et j'ai très envie de t'embrasser. S'il te plaît, viens dès que tu peux, si tu le veux aussi.

Bisous,

Ben

J'ai replié le papier et je l'ai enfoncé dans ma poche, puis j'ai joué nerveusement avec la couture de mon pull pour éviter que mes mains ne tremblent.

— C'était quoi ? a demandé Dylan.

— Rien. C'est juste Lola qui me dit de faire attention que le toit ne fuie pas trop.

Je me suis relevée pour tâter un des chevrons.

— Ça m'a l'air d'aller, ai-je annoncé.

— C'est bizarre que Lola s'occupe du toit et pas de nous, a dit Simon.

Bon, il fallait que je me reprenne, et vite. J'étais toujours sale après les deux nuits passées dans l'avion et dans la voiture, mais ça pouvait s'arranger. J'ai ouvert mon sac, attrapé mon déodorant et je m'en suis mis plusieurs fois.

Maintenant, l'haleine. J'ai farfouillé dans les poches de la valise. Il devait bien y avoir un paquet de chewing-gums quelque part. Ouf ! Un tout petit morceau d'aluminium ratatiné ! Il en restait un.

— Pourquoi tes joues sont devenues toutes rouges ? a demandé Dylan.

J'ai posé le dos de ma main sur ma pommette. Elle était bouillante.

— Il fait trop chaud ici. Je vais aller marcher un peu sous la pluie.

Ce n'était pas une très bonne excuse, mais je n'arrivais pas à penser à autre chose qu'à Ben. Et puis, de toute façon, les jumeaux n'avaient que sept ans. Ils ne se rendraient compte de rien.

— On peut venir ? a demandé Simon.

— Non ! ai-je répondu sèchement.

À nouveau, ils ont pris un air inquiet. J'ai radouci ma voix.

— Je veux dire, il pleut trop pour vous. Je ne voudrais pas que vous attrapiez froid.

Du maquillage. Du maquillage. Il me fallait du maquillage, vite. Si j'étais trop longue, Ben penserait que je n'étais pas intéressée. J'ai sorti mon gloss et j'ai fait la moue en le passant sur mes lèvres.

— Pourquoi tu mets du brillant à lèvres pour aller marcher ?

— C'est pour les protéger. Sinon, elles vont gercer.

J'ai contourné les jumeaux à toute vitesse et j'ai commencé à descendre l'escalier.

— Ne dites pas aux autres que je suis partie. C'est... une marche secrète.

Les garçons semblaient confus mais ne m'ont pas suivie. C'est tellement facile de les berner.

Heureusement, il n'y avait personne dans le couloir, et donc pas d'interrogatoire à subir. Je suis parvenue à me brider pour ne pas descendre l'escalier au galop, au cas où la moquette sur les marches se décollerait. Ce n'était pas en me cassant la figure que je risquais d'impressionner un garçon.

Je suis sortie et j'ai couru sous la pluie. Je n'arrivais pas à croire que j'allais bientôt recevoir mon premier baiser. Et de Ben, en plus. Ça démarrait fort ! Peut-être qu'il n'était pas si mal, ce pays, après tout.

La porte droite de la grange était ouverte, mais je ne voyais rien à l'intérieur.

— Il y a quelqu'un ?

Je suis entrée. J'ai cru apercevoir une forme sombre au fond à gauche.

— Ben ?

J'étais sûre de sentir une présence. Ce n'était pas logique. Pourquoi est-ce que Ben m'inviterait dans la grange, pour ensuite m'ignorer une fois arrivée ? Je me suis assise sur une botte de foin, tournée vers la porte. J'ai levé le bras devant ma bouche et je me suis entraînée à embrasser. Mais si Ben arrivait et me voyait comme ça, il me prendrait pour une folle. Alors j'ai tout de suite arrêté.

J'ai entendu des pas dehors.

— Tab ? m'a appelée une voix profonde. Tab, ma chérie, je suis tellement content que tu aies reçu mon mot.

Ça ne ressemblait pas à Ben.

Une silhouette est apparue dans l'embrasure. Bien trop petite pour être Ben. J'ai entendu un rire.

Chloé ! Argh ! Mais qu'est-ce qu'elle fichait là ?

— Ça, c'est ce qu'on appelle une contre-attaque.

Elle a embrassé sa main, puis a soufflé le baiser dans ma direction, avant de rire de nouveau.

— C'est le seul baiser que tu auras aujourd'hui ! a-t-elle lancé.

Elle m'avait piégée ! C'était elle qui avait écrit le mot et j'étais tombée dans le panneau. Comment j'avais pu être bête à ce point ?! Je me suis élancée vers la porte, mais elle l'a refermée. J'ai même entendu le bruit du verrou.

Je sentais mes tempes vibrer et les muscles dans mon cou se tendre. Cette fois, elle était allée trop loin. J'avais seulement jeté quelques-uns de ses vêtements par la fenêtre parce qu'elle ne m'avait pas laissé le choix. Mais là, elle m'avait totalement humiliée. C'était complètement disproportionné. Je voulais taper du poing, hurler. Mais ça ne servirait à rien. Il fallait que je sois plus maligne.

— Très bien, tu m'as eue, ai-je admis après une grande expiration. On est quittes. Tu peux me laisser sortir maintenant ?

— Je ne crois pas, non. Dis bonjour aux chauves-souris de ma part !

Elle est repartie vers la maison et j'ai levé les yeux. Des formes sombres remuaient au-dessus de ma tête. La nuit allait bientôt tomber. Les chauves-souris allaient se réveiller. Dans les films d'horreur et sur les décorations d'Halloween, je ne les trouvais pas si effrayantes. Peut-être qu'il valait mieux être enfermée ici avec elles plutôt qu'avec le pêcheur noyé.

J'ai tout de suite regretté cette pensée car mon cœur a fait un bond dans ma poitrine. Bien évidemment, ce fantôme n'existait pas. Ce n'était qu'une légende racontée par les gens du coin. Pourtant, j'étais sûre d'avoir vu quelqu'un dans le phare… Et alors ? Même si le phare n'était plus en service, il fallait bien l'inspecter de temps en temps. Quant au ciré jaune, tout le monde portait ce genre d'accoutrement à la campagne. Surtout avec une météo pareille.

En même temps… Et si c'était vraiment quelqu'un qui kidnappait les occupants du *bed and breakfast* ? Il nous avait peut-être vus ? Et suivis jusqu'ici ? Quel meilleur endroit pour se cacher qu'un recoin sombre dans une grange ? Quelle meilleure occasion de s'en prendre à moi, maintenant que j'étais seule et sans adultes pour me défendre ?

Quelqu'un était ici, avec moi. J'en étais certaine. Maintenant, je percevais même une respiration très basse. Lentement, j'ai avancé dans l'obscurité. J'avais la chair de poule et je m'imaginais déjà des gants orange enserrer mon cou.

Clac.

Quelqu'un venait de défaire le verrou.

La porte s'est ouverte sur une forme vague. Dans la pénombre, j'ai vu que la silhouette portait une capuche.

— Le pêcheur noyé ? ai-je murmuré.

La silhouette a reniflé et a appuyé sur l'arête de son nez pour rajuster ses… lunettes.

— Quentin ? Qu'est-ce que tu fais là ?

Mon frère est entré et a levé les yeux vers les chauves-souris.

— J'ai envie d'en attraper une pour m'en faire un animal de compagnie. Comme dans *La vallée des créatures 5 : Nuée de crocs*, quand Storm Power apprivoise une chauve-souris et qu'ils font équipe pour battre un kraken.

J'ai soupiré. De soulagement de ne pas être entre les mains d'un kidnappeur, mais aussi d'exaspération.

— Arrête d'être aussi bizarre. C'est la honte. Ce sont ces Anglais qui sont bizarres, pas nous.

— D'accord, a-t-il répondu sans quitter les animaux des yeux. Mais toi, qu'est-ce que tu fais là ?

— Je voulais un peu de calme. Mais je suis contente que tu sois venu, je commençais à penser qu'il y avait quelqu'un d'autre ici.

Quentin a regardé derrière moi.

— On dirait que tu as raison.

J'ai tourné la tête. Une ombre était tapie là, silencieuse, contre le mur en pierre. J'ai discerné une main, une jambe, et enfin une tête.

La silhouette s'est jetée sur nous en hurlant, Quentin a reculé et j'ai poussé un cri de surprise. Et puis l'ombre a dit :

— C'est moi que tu traites de bizarre ?

C'était Paul. Il portait une veste et un pantalon noirs.

— Non mais qu'est-ce que tu fais là ?

— Je pratique mes talents de camouflage. Il faut pouvoir se fondre dans le décor sur le théâtre des opérations. Je suis là depuis le début.

Je me suis repassée ces dernières minutes dans ma tête. J'espérais vraiment qu'il était trop concentré sur son camouflage pour m'avoir vue m'entraîner à embrasser.

— Pour répondre à ta question, oui, c'est toi que je traitais de bizarre. Et je ne suis pas désolée.

Paul a haussé les épaules.

— Si apprendre à rester en vie dans une situation de crise, c'est être bizarre, alors je n'ai pas envie d'être normal. Et puis toi, il me semble qu'à l'instant, tu as eu peur de te faire agresser par le pêcheur noyé. Et ça, c'est beaucoup plus bizarre.

Je me suis forcée à pouffer.

— Tu comprends vraiment rien, c'était pour rire !

À nouveau focalisé sur les chauves-souris, Quentin a déplacé une botte de foin pour grimper dessus. Il s'est dressé sur ses orteils et a tendu la main vers les créatures.

— Au fait, c'était quoi ces drôles de bruits ? a demandé Paul. On aurait dit que tu bavais.

Oh, oh. Paul avait entendu. Il fallait que je trouve une explication, et vite. Les autres ne devaient surtout pas apprendre ce qui s'était passé.

— Je… euh… c'était pour les chauves-souris. J'essayais de perturber leur sonar.

— Bonne idée, a dit Quentin. Tu crois que ça a marché ?

— Bien sûr que non, a rétorqué Paul. Les chauves-souris sont extrêmement efficaces, de vraies machines. Elles émettent un son, puis écoutent l'écho pour en déduire la forme de l'endroit où elles se trouvent et détecter la présence d'obstacles. Même dans une pièce aussi sombre que celle-là, elles ne pourraient jamais se cogner dans quoi que ce soit. Tiens, je vais vous montrer.

Ouf ! Il avait gobé mon histoire. Il s'est placé juste sous les animaux et a tapé dans ses mains.

Soudain, une centaine de chauves-souris se sont réveillées et ont quitté leur perchoir.

J'ai hurlé. Très fort. Elles étaient partout !

L'une d'elles s'est approchée de Quentin, qui a perdu l'équilibre et a chuté de sa botte de foin.

— J'ai été vaincu par la bête !

Tout à coup, j'ai aperçu une minuscule face de rat qui fonçait sur moi.

— Ton sonar ! Ton sonar ! Obstacle ! OBSTACLE ! ai-je hurlé.

Rien à faire, elle a atteri entre mes deux yeux. Aïe !

— Elles viennent de se réveiller, a expliqué Paul en frappant de nouveau dans ses mains. Laissez-leur une minute et vous allez voir leur incroyable talent.

— Arrête ! ai-je crié. Je crois que le sonar, elles connaissent pas, celles-là !

Quentin était toujours par terre, en boule. Je l'ai aidé à se relever et nous avons titubé jusqu'à la porte.

C'était quoi, leur problème, à ces débiles ? Quand ils n'étaient pas en train de me crier dessus ou de m'humilier, ils m'envoyaient des chauves-souris à la figure. Il fallait que je m'éloigne de ces dingues le plus vite possible.

CHAPITRE DIX

CHLOÉ

J'ai tiré le deuxième matelas jusqu'à l'escalier et je l'ai poussé dedans. Il a rejoint l'autre lit et une commode. C'était parfait. Si Tab essayait de remonter, elle se retrouverait face à ma barricade et devrait admettre que c'était ma chambre, pas la sienne. Elle pourrait bien trouver un coin où dormir dans la bibliothèque, pendant que moi, je me détendrais dans ce magnifique grenier. Sauf qu'il n'était plus si magnifique que ça. Les matelas servant de barricade, il n'y avait nulle part où dormir. J'allais devoir défaire les draps de Tab et m'installer par terre, sur le plancher dur comme de la pierre. Au moins, il me restait mon oreiller. Et je préférais encore avoir mal au dos toute la nuit que partager ma chambre avec Tab.

On a sonné à la porte d'entrée tout en bas.

J'ai couru jusqu'à ma barricade et je me suis penchée par-dessus le premier lit.

— C'est qui ? ai-je crié.

Personne n'a entendu. Peut-être que papa et Marie étaient rentrés avec les plats asiatiques. J'ai attendu de percevoir la senteur aigre-douce monter dans l'escalier.

— C'est qui ? a crié Lola depuis l'étage en dessous.

— Les voisins sont venus voir comment on va ! a répondu Simon.

Les voisins ? Ça voulait dire Ben. Il fallait que je descende. Je ne pouvais pas laisser Tab lui parler en premier.

Là, je me suis maudite d'avoir créé une barrière si efficace. Il devait servir à empêcher Tab de monter, pas à me bloquer la sortie ! Je n'ai pas eu trop de mal avec les matelas, mais la commode devait peser le double de mon poids. J'ai fini par aménager un tout petit passage et m'y faufiler péniblement.

J'étais en sueur, mes cheveux et mes habits n'étaient pas très beaux à voir après ces mésaventures. Mais je ne pouvais pas attendre. Il fallait que j'arrive à voir Ben avant Tab.

TAB

Ouf ! J'y étais arrivée la première. J'avais battu Chloé, c'était moi qui accueillerais Ben. Peut-être que j'allais l'avoir ce premier baiser, après tout. J'ai poussé les jumeaux et j'ai ouvert la porte.

Mais Ben n'était pas seul, il était avec ses parents. Pour le baiser, c'était loupé.

Son père était aussi grand que lui, avec la même chevelure épaisse, même si elle grisonnait sur les tempes. Sa mère était plus petite, mais arborait les mêmes yeux bleus et le même sourire que Ben. Ils étaient abrités sous de larges parapluies. Il faut dire qu'il pleuvait des trombes d'eau. La mère de Ben s'est avancée, comme si j'allais les inviter à entrer. Mais je ne pouvais pas les laisser voir dans quel état on avait mis la maison.

— Bonjour, ai-je dit. C'est gentil de passer.

J'ai posé les yeux sur Ben et j'ai secoué mes cheveux, comme me l'avait conseillé Lola. Et puis je me suis souvenue qu'ils étaient sales et gras. Tant pis.

— Salut, a fait Ben.

— Nous voulions juste nous assurer que tout allait bien, a expliqué sa mère. Nous avons entendu des cris.

J'ai eu un rire forcé. J'essayais d'avoir l'air calme et amicale, mais je sentais bien que je parlais trop vite.

— Oh ! ce n'était rien. Tout va très bien, merci d'être passés. Je ne voudrais pas vous retenir.

J'ai regardé Ben et j'ai secoué mes cheveux de nouveau.

— Tu te sens bien ? a demandé le père de Ben. Tu as un problème au cou ?

— Non, non, on va tous vraiment très très bien.

Milo s'est frayé un passage jusqu'à la porte et j'ai dû l'attraper vite fait par le collier pour éviter qu'il ne saute sur les parents de Ben. Il a grogné et aboyé.

— Désolée, il veut juste se montrer amical.

— J'ai entendu parler de cette terreur, a plaisanté le père de Ben. C'est le chien charolais, c'est ça ?

Ben a rigolé, et j'ai fait la grimace.

J'ai entendu du bruit derrière moi. Miss Bisounours était arrivée et affichait son plus beau sourire. Heureusement, elle était encore plus trempée de sueur que moi.

— Salut Benny, a dit Chloé. C'est gentil de passer nous voir dans notre petite maison. Sauf... qu'elle n'est pas si petite que ça, en fait !

« Benny » ? Elle savait vraiment comment s'y prendre pour se ridiculiser celle-là.

— Salut, a répondu Ben.

— Je gère, ai-je susurré à Chloé. Tu peux partir.

Mais elle n'est partie nulle part. Lui crier dessus devant Ben ne me montrerait pas sous mon plus beau jour, alors j'étais coincée.

— On a trouvé ça dans l'allée, a dit le père de Ben en brandissant une petite culotte rose à fleurs. Ça appartient à l'une d'entre vous ?

J'ai reconnu la culotte que j'avais balancée par la fenêtre.

— Oui ! C'est à Chloé !

Chloé l'a récupérée en vitesse, rouge comme une tomate. J'étais super contente de l'avoir jetée. Ça l'avait d'abord rendue folle, et maintenant, elle se tapait la honte de sa vie. Deux en un !

Soudain, Milo a fait une embardée et, en le rattrapant, j'ai accidentellement ouvert la porte en grand. Le père de Ben a tendu le cou pour regarder à l'intérieur.

— Vous êtes sûres que tout va bien là-dedans ? On dirait qu'il y a eu du grabuge.

— Non, ça va, merci, ai-je insisté. Et alors, comment ça se passe à la ferme ? J'ai cru comprendre que c'était une bonne année pour les… euh… les trucs de la ferme, non ?

La mère de Ben se dressait sur la pointe des pieds pour regarder derrière moi.

— Peut-être que tu pourrais nous laisser entrer pour qu'on jette un coup d'œil. Ça nous rassurerait.

— Vraiment, ce n'est pas la peine, mais c'est très gentil de proposer, ai-je répondu en fermant la porte afin que seule ma figure dépasse.

Au même instant, j'ai entendu des pas lourds dans l'escalier. Oh, non ! Lola débarquait… Elle allait beugler sur la famille de Ben et griller toutes nos chances avec lui !

Sans que je puisse faire quoi que ce soit, elle m'a poussée sur le côté et a ouvert la porte.

— Bonjour. Je m'appelle Lola. Heureuse de faire votre connaissance.

Ce n'était pas son habituelle voix grincheuse, mais une voix douce, chaleureuse. Mieux encore : elle souriait. Comme si l'esprit maléfique qui l'habitait avait été exorcisé de son corps.

— Nous sommes les voisins de la ferme à côté, a expliqué la mère de Ben. Voici notre fils, Ben.

— Salut, Ben, a fait Lola avec un signe de la main.

— Salut, Lola.

Ben a baissé les yeux sur ses chaussures. J'avais l'impression qu'il avait un peu peur d'elle. Comme moi. C'était fou, tout ce qu'on avait en commun.

— Nous voulions juste nous assurer que tout allait bien, a dit le père de Ben. Nous avons entendu des cris et nous avons pensé que quelqu'un s'était peut-être blessé.

— Tout va parfaitement bien. Merci de vous être déplacés. C'est toujours rassurant d'avoir des voisins si prévenants. Les cris dans la grange, ce n'étaient que les enfants qui jouaient. Ils se sont un peu laissé emporter, vous savez comment sont les petits.

Derrière mon sourire crispé, j'avais envie de mourir. Se faire traiter de « petit » devant le garçon qu'on essaie d'impressionner, ça faisait mal. Mais je devais reconnaître que Lola savait s'y prendre avec les adultes. Je comprenais mieux d'où Chloé tirait ses talents de lèche-botte.

— Oh que oui ! a acquiescé la mère de Ben en passant la main dans les cheveux de celui-ci (qui a grimacé et tenté de se dégager).

— J'adorerais vous inviter à l'intérieur, mais c'est un peu le bazar, a prétexté Lola. J'imagine que c'est normal quand on emménage !

— Ne vous en faites pas, a assuré le père de Ben. Désolés de vous avoir dérangés. Je suis soulagé de voir qu'ils ont une aussi bonne baby-sitter pour s'occuper d'eux.

Une bonne baby-sitter ??? J'ai eu du mal à ne pas pouffer, à ne pas m'étrangler, à ne pas exploser, à ne pas…

— Oh ! vous savez, ce n'est pas difficile quand on s'occupe de ces petits amours, a dit Lola. C'est tout juste si j'ai à lever le petit doigt.

Elle m'a tapoté la tête. Pourvu que Ben ne l'ait pas vue me traiter comme un bébé !

Heureusement, il avait les yeux rivés sur le visage de Lola avec une expression bizarre, vide. Sûrement qu'il voyait clair dans son jeu.

— N'hésitez pas à nous dire si vous avez besoin de quoi que ce soit, a ajouté la mère de Ben.

— C'est noté. Merci encore d'être passés. Au revoir.

— Au revoir, Lola, a dit Ben.

Le sourire de Lola est resté figé pendant que je refermais la porte, et j'ai espéré qu'elle continue à jouer son rôle de gentille baby-sitter. Peut-être qu'elle me laisserait enfin utiliser son téléphone.

Mais dès que la porte a claqué, son sourire s'est changé en froncement de sourcils. Elle a posé les mains sur les hanches et a soupiré avec force, patientant le temps que les bruits de pas sur le gravier s'estompent. Ses joues sont devenues pourpres et une veine sur son front s'est mise à palpiter. Ça y est, l'esprit maléfique était de retour.

— QU'EST-CE QUE VOUS AVEZ FAIT ?

— Je n'ai rien fait du tout, ai-je protesté. C'est Chloé.

— Moi ? Moi ? C'est toi qui as balancé mes affaires par la fenêtre.

— Et toi, tu m'as enfermée dans la grange, c'est bien pire !

Milo nous tournait autour en sautillant joyeusement.

— Si je t'ai enfermée, c'est uniquement parce que tu n'arrêtes pas d'être méchante.

— Et si je n'arrête pas d'être méchante, c'est parce que tu n'arrêtes pas d'être énervante. Alors c'est toi qui as commencé.

— JE ME FICHE DE SAVOIR QUI A COMMENCÉ ! Il faut que vous grandissiez toutes les deux. Allez vous coucher !

Même si je n'en avais pas terminé avec miss Bisounours, je ne voulais pas lui laisser l'opportunité de me piquer ma chambre une fois de plus. J'ai couru dans l'escalier et je suis montée au grenier.

J'avais un million de choses à dire à Chloé. Mais ça attendrait.

CHAPITRE ONZE

TAB

Cette fille avait un sens de l'aménagement un peu spécial. Elle avait poussé tous les meubles dans l'escalier. Il a donc fallu que je remette mon lit à sa place et surtout que je garde mon calme, pour ne pas faire rugir le Dragon.

Vraiment, je me fichais de ce que pouvait penser Chloé. Elle avait tort sur tellement de choses que je prenais ses insultes comme des compliments. En revanche, ça m'avait mise hors de moi que Lola me dise de grandir. Je n'étais pas immature. La preuve, j'étais bien plus en avance que les autres dans ma classe.

Quelqu'un a frappé.

— Si c'est toi, Chloé, va-t'en.

— C'est moi.

Paul.

Il est monté dans le grenier et s'est assis sur le lit à côté de moi. Il a sorti un paquet de bonbons bizarres de sa poche et me l'a tendu.

— Tu en veux ? Il n'y a pas de gélatine dedans, c'est végétarien.

J'en ai pris un avec des rayures noires et marron, en me disant que ce serait au chocolat. Perdu, c'était à la menthe. Normalement, on laisse fondre ce genre de bonbons sur la langue, mais j'étais tellement sur les nerfs que moi, je l'ai croqué.

— Merci, ai-je dit, la bouche remplie d'éclats sucrés.

— Je t'ai encore entendue te disputer avec Chloé.

— Il faut qu'elle arrête d'être aussi énervante.

— Tu es un peu dure avec elle.

— Non, ai-je répliqué tout en décrochant un morceau de sucre coincé entre mes dents. Je sais que c'est ta sœur et tout, mais je la déteste et elle me déteste. Fin de l'histoire.

J'ai pris un autre bonbon dans le sachet qu'il avait déposé entre nous et j'ai tiré sur les bords du papier. Ce n'était pas terrible comme repas, mais j'étais bien contente d'avoir quelque chose à grignoter. Je n'avais pratiquement rien avalé de la journée et je commençais à avoir des crampes d'estomac.

— Tu sais, a repris Paul, tout ça c'est assez compliqué pour Chloé. Elle a l'habitude d'être la petite dernière, et maintenant elle se retrouve coincée en plein milieu. Ça va lui demander un temps d'adaptation.

— Et pour moi, tu crois que c'est comment ? Jusque-là, j'étais l'aînée, et maintenant moi aussi je suis coincée au milieu.

— Super, comme ça, vous avez quelque chose en commun. Pourquoi ne pas essayer de vous comprendre l'une et l'autre, plutôt que de vous haïr ? Le moral des troupes est au plus bas. C'est bien plus dangereux que le feu ennemi.

J'étais sur le point de lister des exemples d'attitude excessive de la part de Chloé, mais Paul savait probablement déjà tout. Je me suis contentée de faire claquer le bonbon contre mes dents en l'écoutant parler.

— Tu sais qu'on a perdu notre mère quand on était encore tout petits, non ?

J'ai hoché la tête. Il fallait reconnaître que ça avait dû être très dur.

— Ça a été difficile pour nous tous. Il a fallu que je sois fort pour papa et mes sœurs. On a survécu, et finalement, papa a rencontré Marie.

J'ai avalé ma salive, gênée par la boule de culpabilité dans ma gorge, que j'ai décidé de faire passer avec un autre bonbon.

— Chloé était toute petite. Trop petite pour vraiment se souvenir de maman. Je pense que c'est pour ça qu'elle a tellement envie que tout le monde s'entende.

— Elle n'a pas envie de s'entendre avec moi, ai-je grommelé.

— Ce n'est peut-être pas toujours l'impression que ça donne, mais si. Elle veut une famille, elle veut une mère. Et surtout, elle veut que papa soit heureux. Tu ne peux pas lui en vouloir pour ça.

Vu sous cet angle, je me sentais triste pour Chloé. Mon père me manquait, mais au moins, il était toujours en vie. Eux, ils avaient perdu leur mère pour toujours. Pas étonnant que Chloé veuille désespérément que cette nouvelle famille fonctionne.

Peut-être que j'avais été un peu méchante. Je me suis promis d'être plus patiente avec elle.

Enfin… en tous cas, j'allais essayer.

CHLOÉ

Des rangées d'étagères poussiéreuses. Une cheminée hors d'usage. Quelques photos abîmées sur le mur. Pas de moquette. Un canapé usé en guise de lit.

C'était ça, la bibliothèque.

Un grand tapis rond recouvrait l'essentiel du parquet. J'avais trouvé une nappe de pique-nique et un tapis de douche qui avaient été épargnés par la pluie. J'en avais fait des draps, et mon manteau d'hiver mis en boule me servait d'oreiller. Je n'avais pas la place de m'allonger et mes jambes pendaient pardessus l'accoudoir du canapé. Les ressorts s'enfonçaient douloureusement dans mon dos et quand j'essayais de trouver une position plus confortable, mes draps de fortune tombaient par terre.

Ça ne rimait à rien de subir ça alors qu'il y avait deux lits en parfait état disponibles dans le grenier. Mais je ne pouvais pas dormir là-haut, parce que Tab me détestait. Je savais que j'avais été un peu méchante avec elle. Bon, d'accord, très méchante. Mais c'était elle qui avait commencé.

Comment est-ce qu'on allait faire ? On n'arrivait même pas à partager une chambre pour une nuit, alors qu'on était censées partager nos vies, et même notre anniversaire ! J'ai soupiré. Le meilleur jour de l'année ne serait plus jamais amusant.

J'ai senti une larme couler sur ma joue. Je l'ai laissée glisser. J'en avais marre d'essayer d'être joyeuse. C'était épuisant.

La porte s'est ouverte et Quentin est entré. Il a vu que je pleurais et s'est détourné, comme s'il avait trouvé quelque chose d'intéressant sur l'une des étagères vides. Puis il s'est dirigé vers la cheminée et a examiné les photos encadrées.

— Cool.

Il en a retiré une, laissant apparaître un rectangle vert sur le papier peint pâle. Il me l'a apportée.

— C'est qui, ces gens ?

Je me suis approchée. Sur la photo délavée, un garçon, trois filles, deux femmes et un homme posaient devant le *bed and breakfast*. Au début, j'ai cru que l'homme était papa. Mais à bien y regarder, ses cheveux étaient plus gris. Et puis il portait un pull-over avec une cravate : c'était grand-père. Ce qui signifiait que le garçon assis en tailleur qui souriait de toutes ses dents était papa. Les autres devaient donc être mamie, tante Michelle, tante Jessica et tante Sarah. La grande femme aux cheveux bouclés et à la robe bleue, je ne la reconnaissais pas. Elle devait être leur femme de chambre.

— C'est papa et sa famille. Là, c'est papa. Il m'a souvent parlé d'eux.

— Ils ont aimé grandir ici ?

— Oui. Ils ont adoré. Tu devrais voir la tête de papa quand il en parle. Il ferme les yeux, il est sur un nuage. Comme moi quand je mange un gâteau au chocolat.

— Il s'entendait bien avec ses sœurs ?

Papa semblait content chaque fois que ses sœurs lui téléphonaient ou lui rendaient visite. En tout cas, il n'avait jamais mentionné de vêtements jetés par la fenêtre…

— Oui. Parce que aucune d'elles n'était comme Tab.

Quentin s'est assis à côté de moi, a posé la photo sur ses genoux et a rajusté ses lunettes sur son nez.

— Crois-moi, personne n'est mieux placé que moi pour savoir que Tab est sacrément difficile à vivre. Mais il faut que tu comprennes à quel point ça a été compliqué pour elle de déménager ici. Elle a dû abandonner ses meilleurs amis en Californie... et notre papa. Si tu ajoutes à ça le décalage horaire et la météo...

— Elle devrait s'être remise du décalage horaire maintenant, ai-je rétorqué. Et c'est quoi le problème avec la pluie ? Si elle n'aime pas être mouillée, elle n'a qu'à mettre un imper.

— Ce n'est pas si facile de prendre ses marques dans un nouveau pays.

Bien sûr, je comprenais qu'un changement aussi important pouvait faire peur. Mais ce n'était pas une excuse pour être insupportable.

— D'accord, mais pourquoi il faut qu'elle me mette tout ça sur le dos ?

— Chacun a sa façon de faire. Les jumeaux font des bêtises puis en rigolent. Moi, je me réfugie dans mes livres quand la vraie vie devient trop dure. Mais Tab, son truc quand ça ne va pas, c'est d'appeler papa ou d'envoyer des messages à ses amis. Elle ne peut plus faire tout ça. Je pense qu'elle se sent un peu perdue.

Je m'étais promis de ne plus jamais compatir avec Tab après sa fausse crise de larmes. Mais Quentin me faisait voir son sale caractère d'un nouvel œil. Elle était coupée de toutes les choses qui la rendaient joyeuse. J'avais été un peu dure avec elle.

— Peut-être que je devrais m'excuser. Ça doit être pesant pour tout le monde de nous voir nous chamailler comme ça.

— Ah, ça ! J'ai passé des moments plus agréables sur le fauteuil du dentiste.

— Merci, ai-je dit en riant. Je vais essayer.

Je suis sortie de la bibliothèque et j'ai grimpé l'escalier. Arrivée devant la porte du grenier, j'ai essayé de trouver quoi dire à Tab. Mais chaque fois que je répétais quelque chose dans ma tête, je l'imaginais me répondre avec ses sarcasmes.

Quand enfin je me suis décidée à saisir la poignée, celle-ci a bougé et Tab a déboulé en face de moi, surprise.

— Hé, j'allais descendre pour…

— Je sais. Je ne voulais pas…

Elle a regardé ses pieds.

— C'est pas grave. Et je n'aurais pas dû…

— Oui. Moi non plus.

Le vent soufflait contre les briques. Lola hurlait dans sa chambre. Quentin montait discrètement l'escalier et les jumeaux nous espionnaient depuis la chambre sur ma gauche.

— Alors on…, a commencé Tab.

— Bien sûr, on fait la paix. Ça fait du bien de ne plus se disputer.

Dylan a sorti la tête de l'embrasure de sa porte.

— Ce n'est pas dangereux de sortir ?

Tab a lancé un sourire complice à ses frères et je l'ai imitée. Se rabibocher avec Tab était un immense soulagement. Être en colère contre quelqu'un en permanence, c'était tellement fatigant ! Pourtant, d'après ce que j'entendais, tout le monde n'avait pas réussi à surmonter ses différends. Lola incendiait toujours son pauvre petit ami au téléphone.

— C'est bien ton genre, tu fais toujours ça ! Je te l'ai déjà dit cent fois !

Je réfléchissais à une manière de sceller notre réconciliation avec Tab, et entendre Lola râler m'a donné une idée.

— Simon, tu peux imiter la voix du pêcheur comme tout à l'heure ?

— Oui, a-t-il répondu en prenant une grosse voix.

— Parfait. On va se servir de ça pour faire une blague à Lola.

— Je ne pense pas que ta sœur va y croire, a dit Tab.

— Pas besoin, il faut juste que ça l'énerve.

— Dans ce cas, ce n'est pas compliqué. Tout l'énerve.

On a tous rigolé, puis je me suis accroupie devant Simon.

— Cours dans tous les sens en criant avec ta voix grave. Quand Lola sort de sa chambre, descends l'escalier, mais continue de crier.

Simon a hoché la tête.

Je suis rentrée dans la chambre des jumeaux et je lui ai soufflé :

— Vas-y !

— Je suis le pêcheur noyé ! Je viens te kidnapper !

— Super drôle, a bougonné Lola de son lit. Maintenant, la ferme.

Je me suis penchée dans le couloir et j'ai vu Simon courir dans tous les sens, suivi de près par Dylan.

— Je suis mort il y a cent ans aujourd'hui ! Et je suis revenu pour me venger de tous ceux qui osent venir sur mon île !

Dylan a laissé échapper un rire nerveux. J'espérais que l'histoire de Simon ne lui faisait pas réellement peur.

Lola a grogné et s'est levée de son lit.

— Les gamins font n'importe quoi. Je te rappelle dans une minute.

La porte s'est ouverte en grand juste au moment où les jumeaux passaient devant.

— Je sais que c'est toi, Simon. Retournez dans votre chambre, tous les deux.

Les jumeaux ont fait semblant d'obéir, puis ils ont fait demi-tour et ont couru vers l'escalier.

— Le pêcheur noyé ne reçoit d'ordres de personne !

— VOUS DEUX ! REVENEZ ICI !

Lola s'est précipitée derrière eux.

C'était à moi de jouer. Je me suis introduite dans la chambre de ma sœur comme un agent secret. Paul aurait été fier de moi.

Le téléphone était posé sur le lit. Mais le plancher était tellement ancien que certaines lames de parquet pouvaient grincer. Au moindre bruit, je serais repérée.

Sur la pointe des pieds, j'ai récupéré le téléphone. Il était encore chaud.

J'ai appuyé sur le bouton d'accueil. Pas de mot de passe.

— JE VAIS TOUT DIRE À VOTRE MÈRE ! a hurlé Lola en bas.

J'ai glissé le téléphone dans ma poche et je suis vite ressortie.

À l'entrée du grenier, Tab m'a accueillie avec un grand sourire. Ma mission avait été un succès. Maintenant Tab pouvait enfin parler à son père.

CHAPITRE DOUZE

TAB

Le téléphone était juste là, posé sur le lit devant moi. J'avais tout fait pour mettre la main dessus, mais maintenant, j'avais peur de le toucher.

— Vite, a chuchoté Chloé sur le lit d'en face. Elle peut remonter d'un moment à l'autre.

Lola était encore en train de courir après Simon et Dylan au rez-de-chaussée. J'ai entendu des bruits de chaises et j'en ai conclu qu'ils étaient arrivés dans la cuisine.

J'ai commencé à composer le numéro de mon père en tremblant. Je tenais enfin ma chance de l'appeler, pourtant je commençais à me sentir mal. J'avais besoin de temps pour réfléchir à ce que j'allais lui dire.

— Qu'est-ce que tu attends ? a soufflé Chloé. Vas-y.

Elle avait raison. Je le regretterais si je ne saisissais pas cette chance. J'ai tapé les derniers chiffres et j'ai appuyé sur le bouton vert.

Il y a eu une longue pause.

— Allô ?

Je m'attendais à un accueil plus chaleureux, ce qui m'a un peu prise au dépourvu. Et puis je me suis souvenue que c'était le téléphone de Lola : il ne pouvait pas reconnaître le numéro.

— C'est moi, papa.

— Tab ! Comment ça va, mon sucre d'orge ?

Les yeux me piquaient et j'avais une boule dans la gorge. Je ne voulais surtout pas pleurer, pas devant Chloé. Mais malgré tous mes efforts, des larmes chaudes se sont mises à couler sur mes joues.

— Tu as eu mon mail ? lui ai-je demandé.

— Oui. Tu as reçu ma réponse, non ?

— Non. J'ai pas Internet ici.

J'ai essayé de me calmer. Sur son lit, Chloé regardait le plafond en faisant comme si elle n'écoutait pas.

— Oh, mince ! a dit papa. Bon, écoute, je sais que c'est dur pour toi. Mais il faut que tu t'accroches. Ça va s'arranger. En attendant, il faut que tu fasses de ton mieux pour que ça fonctionne. Promets-moi que tu vas leur laisser une chance. Fais-le pour moi.

— Mais je veux rentrer à la maison. Je veux vivre avec toi, pas avec maman. Je ramènerai Quentin et les jumeaux, on pourra tous être ensemble à nouveau.

J'ai entendu mon père soupirer à cinq mille kilomètres de là.

— C'est dur pour moi aussi, mon cœur, a-t-il dit d'une voix éraillée. Mais il faut faire de notre mieux étant donné les circonstances.

— Je déteste être ici. Je déteste cette famille.

J'ai jeté un regard furtif à Chloé. Elle faisait toujours comme si le plafond était super intéressant, mais elle avait un petit air renfrogné.

— Enfin, je veux dire, je les déteste presque tous. Certains ne sont pas si terribles…

Chloé a souri au plafond.

— … Mais ça ne marchera pas. On ne sera jamais compatibles. Laisse-moi rentrer à la maison.

— Ça ne fait qu'une journée que tu es partie, mon sucre d'orge. Je sais que ça te paraît impossible pour le moment, mais essaie d'apprendre à les connaître.

Papa est resté silencieux un moment. J'entendais des murmures en arrière-plan : il devait déjà être au bureau.

— Tu me manques aussi, a-t-il fini par dire. Vous me manquez tous. Mais on a déjà parlé de tout ça, de pourquoi c'était mieux pour vous de rester avec votre mère. Je voyage beaucoup trop avec mon travail. Vous seriez seuls ici pendant des jours et des jours. Ne t'inquiète pas, on pourra toujours se voir sur Skype, et puis vous viendrez pour les vacances…

Quelqu'un dans le bureau de papa lui a murmuré quelque chose, sans doute pour lui rappeler un rendez-vous urgent ou je ne sais quoi.

— Ils t'appellent, ai-je dit. Tu ferais mieux d'y aller.

— Je peux annuler le rendez-vous. Si tu as besoin de parler, c'est plus important pour moi que tout le reste.

— Non, ça ira. Bisous papa.

J'ai raccroché et j'ai laissé tomber le téléphone sur mes genoux. Voilà. Papa ne pouvait pas m'aider à m'enfuir. J'étais prise au piège.

J'ai cligné des yeux et j'ai senti les larmes couler à nouveau.

Chloé est venue s'asseoir près de moi.

— Je suis désolée que ça ne se soit pas passé comme tu voulais.

Elle a posé son bras sur mes épaules. J'ai reniflé et je me suis frotté les yeux.

— Et je suis désolée d'avoir dit à mon père que je détestais votre famille. C'est sorti tout seul. Je ne te déteste pas. Et je ne déteste pas Paul. Et ton père n'a pas l'air mal quand il ne s'amuse pas à me voler ma tablette. Et Lola est un peu… Lola est…

— Lola est HORRIBLE.

J'ai rigolé.

— Je sais que je suis censée défendre ma grande sœur, mais elle est insupportable depuis qu'elle a eu treize ans et que ses hormones ont pris le contrôle. Et c'était il y a quatre ans !

— Et son petit ami ? Pourquoi il se laisse traiter comme ça ? C'est leur version de qui aime bien châtie bien ?

Chloé a haussé les épaules.

— Je n'ai jamais compris. Elle arrive à lui faire faire tout ce qu'elle veut. À chaque fois qu'il nous rendait visite à la ferme, il courait dans tous les sens pour faire ses quatre volontés pendant qu'elle restait vautrée dans le canapé.

On a entendu un tabouret se renverser et Lola hurler tout en bas.

Mon regard s'est à nouveau posé sur le téléphone. J'avais dû appuyer sur l'écran par erreur, parce que j'avais sous les yeux la conversation SMS avec Sébastien. Trop curieuse, j'ai lu le dernier message qu'il avait envoyé à Lola :

Je te plains courage <3

Forcément, je suis remontée un peu pour voir à quoi il répondait :

Trop crevée. J'ai fait du baby-sitting toute la journée avec ces gamins insupportables. J'en peux plus.

J'ai tendu le téléphone à Chloé pour qu'elle lise.

— Tu y crois à ça ? Courir après les jumeaux, c'est la première chose qu'elle ait faite de la journée. Elle a passé tout son temps sur son lit à se la couler douce et à nous ignorer !

Chloé s'est laissée tomber sur le matelas, elle a porté la main à son front.

— Oh, ça m'a épuisée d'être allongée toute la journée ! C'est vraiment trop dur ! s'est-elle exclamée en riant.

J'ai commencé à taper un message pour répondre :

J'ai bien réfléchi et en fait c'est pas les gamins qui me fatiguent. C'est toi.

Je l'ai montré à Chloé et elle s'est écroulée de rire.
— Tu crois que je devrais l'envoyer ?
— Surtout pas ! Nos vies ne tiendraient plus qu'à un fil !
Pour rigoler, j'ai rajouté :

Et aussi c'est fini entre nous et je veux plus jamais te voir.

Ça a fait rire Chloé encore plus fort. Elle a attrapé le téléphone et a écrit :

J'ai juste besoin d'un peu de temps.

J'ai pouffé, je lui ai repris le téléphone et j'ai tapé :

C'est pas toi, c'est moi.

Chloé a noté à son tour :

Et tu pues vraiment de la bouche.

Elle me l'a rendu. Mon doigt a survolé le bouton « envoyer ».

— Je vais le faire ! Je vais le faire !

Chloé se roulait pratiquement par terre.

— C'est toi qui l'envoies, ai-je dit en lui lançant le téléphone. Allez, même pas cap.

— Non !

Elle me l'a aussitôt renvoyé, comme si elle avait peur de le toucher. Quand je l'ai attrapé, mon pouce a pressé le bas de l'écran et j'ai entendu un petit son. Le petit son d'un texto qui vient de partir.

Le monde s'est arrêté.

— Non, non, non...

J'appuyais désespérément sur l'écran, mais c'était trop tard. Une petite encoche est apparue, me confirmant que le message avait bien été envoyé.

J'ai lâché le téléphone sur le lit et j'ai bondi comme s'il avait essayé de me mordre.

Avec Chloé, on s'est regardées en silence, sous le choc. Et là, on a entendu le Dragon monter les marches.

— Oh, oh ! a fait Chloé.

— Vite, cache-le !

Chloé a soulevé le matelas pour le jeter dessous, mais le téléphone est tombé entre deux lattes. En panique, elle l'a ramassé et a regardé tout autour d'elle.

— La commode, lui ai-je soufflé.

Elle a couru vers le meuble et a ouvert le tiroir, mais Lola a débarqué juste à ce moment-là. Elle a tout de suite repéré ce qu'elle cherchait.

— Donne-moi ça !

Chloé a serré le téléphone contre elle mais Lola le lui a arraché des mains.

— Qu'est-ce que vous avez fait, toutes les deux ?

Elle a examiné l'écran avec une mine renfrognée.

J'ai regardé Chloé et j'ai haussé les épaules. Lola avait été exécrable toute la journée. Si on lui avait (un peu) mis la honte avec son petit ami, elle l'avait bien mérité.

— QUOI ? a hurlé Lola.

— On ne voulait pas l'envoyer, s'est excusée Chloé. On l'a juste écrit pour rigoler. Désolée.

— COMMENT VOUS OSEZ ? APRÈS TOUT CE QUE J'AI FAIT POUR VOUS AUJOURD'HUI !

Maman me dit toujours que je devrais mieux choisir mes batailles. Là, c'était probablement un bon exemple. J'aurais dû demander pardon à Lola, mais je ne pouvais pas laisser passer ça.

— Et qu'est-ce que tu as fait pour nous exactement ? Parce que nous, on a surtout eu l'impression que tu t'étais enfermée dans ta chambre pour te défouler sur ton copain. Un troupeau d'éléphants aurait pu débarquer que tu n'aurais rien vu.

Lola m'a dévisagée et a eu un petit rire dédaigneux. Son visage était tellement rouge que ça ne m'aurait pas étonnée plus que ça de voir du feu sortir de ses narines et brûler la moquette.

— Attendez un peu que papa et Marie rentrent. Je vais tout leur raconter. Vous allez avoir de sacrés problèmes.

Elle a baissé les yeux sur son téléphone puis les a relevés sur moi. Pendant un instant, j'ai cru qu'elle allait me le jeter droit dans la figure, mais elle s'est retournée puis a redescendu l'escalier d'un pas lourd. Quelques secondes plus tard, la porte de sa chambre a claqué.

— Elle était vraiment en colère, a dit Chloé.

— Comme toujours.

— Je veux dire, encore plus que d'habitude. En même temps, c'est vrai qu'on a un peu exagéré.

— Oui, ai-je répondu en sentant un sourire grandir sur mes lèvres. Mais ça faisait bien longtemps que je ne m'étais pas autant amusée !

J'ai rigolé et Chloé n'a pas pu s'empêcher de m'imiter. Même si ça paraissait impossible il y a encore quelques heures, en fait, j'aimais bien passer du temps avec elle.

CHAPITRE TREIZE

CHLOÉ

Un cri a retenti en bas.

— J'espère que ma sœur n'a tué personne…

— On aurait dit Dylan.

Tab et moi avons foncé vers le rez-de-chaussée. Les voix provenaient du salon. Quand on est arrivées, on a découvert une pièce avec une bibliothèque à droite, une table basse au milieu et une cheminée sur la gauche. Trois rangées de fauteuils faisaient face à une alcôve avec des rideaux, au-dessus de la table. Quentin, Simon et Paul étaient agglutinés autour de Dylan. Mais il ne s'était pas fait mal. Il avait tiré le rideau et avait trouvé…

… une télé !

— On est sauvés, a déclaré Quentin.

— J'espère, a tempéré Paul. Ce truc a l'air d'être une antiquité.

C'est vrai que ce n'était pas une télé très moderne. Son écran n'était ni plat, ni large, mais en verre, arrondi, entouré d'un large plastique argenté recouvert d'une épaisse couche de poussière. Il y avait un panneau sur la droite, avec un haut-parleur et des gros boutons.

Tab s'est précipitée dessus et a enfoncé un bouton plat en bas du panneau. Aucun effet.

Quentin a observé la télé en se frottant le menton.

— On en avait une comme ça dans le sous-sol. Ça devrait marcher, du moment que les paramètres d'entrée sont bons.

Il a ouvert un compartiment en plastique et a commencé à trifouiller dedans.

J'ai regardé ma montre. Il était presque 21 heures. L'heure de mon émission préférée à la télé.

— Vite ! *Medieval Survival* va bientôt commencer !

— Oh génial, j'adore cette émission ! s'est exclamée Tab.

— Moi aussi, a dit Quentin.

— Nous aussi, ont renchéri les jumeaux.

Enfin, on était d'accord sur quelque chose ! *Medieval Survival*, c'était une émission de téléréalité dans laquelle des célébrités devaient résoudre des énigmes dans un vieux château. C'était une des rares émissions que je pouvais regarder avec Paul. Lui, il aimait le côté survie, et moi, j'adorais suivre ma youtubeuse préférée, Sophella, qui participait.

— Dépêche, a insisté Tab. On va rater le début.

— Ça devrait marcher, a dit Quentin. Dites-moi si quelque chose apparaît sur l'écran.

Tout le monde était très fatigué, aucun de nous n'avait mangé correctement de la journée, mais j'étais sûre qu'on oublierait tout si on arrivait à faire fonctionner la télé.

Tout à coup, j'ai remarqué la prise qui pendait derrière l'appareil.

— Hé, je crois que j'ai trouvé le problème, ai-je annoncé fièrement.

J'ai branché le câble dans une prise. Ça allait être trop génial. Enfin, on allait tous s'amuser, et en plus ce serait grâce à moi.

Mais soudain, il y a eu un gros bruit. Les lumières se sont éteintes.

On est restés silencieux quelques instants. On entendait juste Milo qui montait et descendait les marches en aboyant. J'étais comme pétrifiée, je ne voyais plus rien.

— Qu'est-ce qui s'est passé ? a demandé Dylan.

— Chloé a fait péter l'installation électrique, a dit Paul.

— Moi ? On voulait tous regarder la télé. Je n'ai fait que la brancher.

Le plancher au-dessus de nous a craqué. Une porte s'est ouverte et Lola a rugi :

— Qu'est-ce que vous avez encore fait ?

— Les plombs ont sauté ! ai-je crié en retour. On n'a rien touché du tout !

Lola a reclaqué la porte.

— Elle, elle s'en fiche, a dit Tab. Elle a son téléphone. Nous, on va devoir rester là dans le froid et dans le noir.

La porte a grincé et on a entendu une respiration haletante accompagnée de bruits de coussinets.

— Quelque chose vient de me frôler le bras, a murmuré Dylan. C'est sûrement un monstre !

— C'est Milo. Il adore le noir. Il est tout content et il hurle toujours comme un loup dès qu'on éteint la lumière.

J'ai claqué des doigts et Milo est venu se nicher contre mes jambes.

— Reste sage. Ne fais pas peur à Dylan.

Celui-ci respirait de plus en plus vite.

— Je n'aime pas ça. Je déteste le noir.

— Calme-toi, a dit Paul.

— Je n'ai pas envie d'être calme ! Où sont maman et Carl ? Ils devraient être rentrés maintenant. Et si quelque chose leur était arrivé ? Ils nous ont laissés ici tout seuls avec le pêcheur noyé, et en plus il fait froid et en plus il fait noir et en plus je suis fatigué et puis j'ai faim…

Ses mots se sont changés en sanglots.

— Chut, l'a réconforté Simon. Respire bien fort. Fais comme moi.

Simon a doucement inspiré, expiré, inspiré, expiré, et Dylan s'est calé sur son rythme.

— Rien n'a changé, a continué Simon. C'est toujours la même maison, mais sans lumières.

— Chloé n'a pas fait exprès de faire sauter les plombs, a ajouté Quentin. Ça aurait pu arriver à n'importe qui.

— C'est la télé qui a fait sauter les plombs, pas moi.

— On s'en fiche de savoir qui c'est, a rétorqué Paul. Je déclare l'état d'urgence, et je prends le commandement. Dans un premier temps, je veux que tout le monde reste bien à sa place pendant que j'effectue une mission rapide.

— Chef, chef, oui chef, a marmonné Tab.

Mes yeux s'étant un peu habitués à l'obscurité, j'ai vu la silhouette de Paul progresser péniblement dans la pièce. Il est sorti puis s'est dirigé vers la cuisine. On l'a entendu se cogner et crier « Aïe ! » (c'était sans doute le tabouret que les jumeaux avaient renversé quand Lola les poursuivait). Quelques minutes plus tard, il est revenu.

— Mission accomplie. Il me semblait bien avoir repéré des bougies et des allumettes dans un tiroir de la cuisine.

Paul a gratté une allumette et son visage est apparu sous la lumière vacillante. Il a allumé une bougie et a marché jusqu'à la cheminée, étirant des ombres sur les murs. Il a placé d'autres bougies sur la table basse, la bibliothèque et la vieille télé. Bientôt, la pièce était baignée d'une douce lumière.

— C'est trop cool, a dit Quentin. Faisons une cabane.

— Excellente idée, a approuvé Paul. Ça nous aidera à conserver notre chaleur si la température chute.

— Je suis super forte pour faire des cabanes, ai-je dit. Le mieux, ce serait de renverser tous les fauteuils pour faire un cercle. Après, on peut aller chercher les draps dans l'entrée et les tendre par-dessus.

J'ai retourné un fauteuil et les autres ont fait de même pendant que Paul partait chercher les draps. Une fois tout ça installé, on a placé des coussins par terre. Très vite, on avait confectionné une cabane suffisamment douillette pour nous tenir au chaud et suffisamment grande pour qu'on rentre tous dedans.

Nous nous sommes faufilés à l'intérieur. Milo s'est joint à nous et s'est assis au milieu. Dylan avait l'air beaucoup plus calme à présent. Il avait toujours les yeux rouges mais il souriait.

— On se croirait dans un camp, a dit Tab.

— Tu veux dire dans un camping ? lui ai-je demandé.

— Non, un camp d'été, a répondu Quentin. J'imagine que vous n'avez pas ça ici.

— C'est plutôt cool, a ajouté Tab. On est sans nos parents pendant tout le séjour, même si bien sûr il y a des adultes pour nous encadrer. On fait de la rando, on observe la nature. Et la nuit, on fait un feu de camp et tout le monde se raconte des histoires.

— Ça a l'air génial. Et si on faisait ça ? Se raconter des histoires, hein, pas allumer un feu.

— Je peux vous résumer le tome 7 de *La montagne du dragon*, a proposé Quentin.

— Est-ce qu'il faut savoir ce qui s'est passé entre les tomes 1 et 6 ? a demandé Tab.

— Oui. Mais ça ne sera pas long.

— On devrait raconter des histoires qui font peur, a suggéré Tab. Comme celle du cavalier sans tête ou de l'autostoppeuse fantôme.

— Dans ce cas, j'ai exactement ce qu'il faut, a dit Quentin en rajustant ses lunettes. Ça s'appelle *La malédiction du pêcheur noyé*.

Les yeux de Dylan sont pratiquement sortis de leurs orbites.

— Le fantôme du pêcheur noyé était autrefois bon. Il gardait le phare et empêchait que d'autres marins subissent le même sort que lui. Mais les années de solitude dans sa triste tour blanche ont fini par pervertir son esprit. Il s'est alors changé en être maléfique.

Dylan a lancé un regard nerveux à Simon, qui souriait.

— Au début, il kidnappait des chiens et les jetait du haut du phare. Une fois écrasés en bas, il en raclait les restes pour les tartiner dans ses sandwichs au hareng fumé.

Milo a gémi et s'est caché sous un coussin.

— Mais très vite, ça ne lui suffisait plus. Durant une nuit embrumée, il vit un bateau approcher et éteignit le phare. Le bateau s'écrasa contre les rochers et le pêcheur noyé captura les âmes des membres de l'équipage. Il les enchaîna dans sa cave pour en faire ses esclaves.

Quentin s'est arrêté et nous a regardés en silence.

— Et alors ? l'a pressé Simon. Qu'est-ce qui leur est arrivé ?

— Ils y sont toujours. On peut encore entendre leurs plaintes la nuit, quand il y a du brouillard.

J'ai observé Dylan. Il tremblait de tout son corps et serrait un coussin contre lui. Il fallait que j'intervienne.

— C'est faux, rien de tout ça n'est jamais arrivé.

Ça n'a pas beaucoup aidé. Dylan frissonnait toujours.

Simon a posé la main sur l'épaule de son frère.

— C'est juste une histoire pour rigoler. Comme l'a dit Chloé, rien de tout ça n'est vrai.

— Euh…, a hésité Tab.

On s'est tous tournés vers elle. Elle était assise en tailleur et sa tête frottait contre le drap qui formait le toit de la cabane.

— Je crois que j'ai peut-être vu quelque chose ce matin. Je ne voulais rien dire, mais ça me travaille. Quand on est rentrés des falaises, j'ai vu quelqu'un en haut du phare.

Dylan a eu le souffle coupé.

— Oh, arrête, Tab ! ai-je protesté. Tu vois bien que tu fais peur à Dylan.

— Je dis juste ce que j'ai vu. Et cette personne portait un long imperméable jaune.

J'ai senti ma gorge se nouer. J'attendais que Tab éclate de rire et nous dise que c'était une blague. Mais elle nous regardait en silence.

— Plein de gens ici doivent porter ce type de cirés, ai-je raisonné. Le temps est très changeant.

— C'est exactement ce que j'essaie de me dire, a répondu Tab. J'espère que tu as raison.

Cette fois, ce n'était pas seulement Dylan qui tremblait. On avait tous l'air nerveux. Simon serrait très fort la main de son frère. Paul avait pris Milo dans ses bras. Quentin s'était mis en boule et jetait des regards inquiets à gauche et à droite.

J'ai senti que je respirais trop vite. Raconter des histoires de fantômes avait été la pire des idées. Je tentais de trouver quelque chose à dire pour détendre tout le monde, mais je ne savais pas quoi. Parce que nous étions seuls dans le froid et le noir, sur une île au milieu de nulle part. Il n'y aurait personne pour venir à notre secours si les choses tournaient mal.

J'ai essayé de me calmer en écoutant le bruit du vent contre les vieilles fenêtres.

TAP. TAP. TAP.

J'ai poussé un cri de surprise. Ça, ce n'était pas le vent. Quelqu'un frappait à la porte.

Maintenant, j'avais l'impression de ne plus pouvoir respirer du tout. Mon cœur battait à tout rompre dans ma poitrine.

Dylan a crié, Quentin a sursauté et Milo a hurlé.

J'ai bondi sur mes pieds et j'ai repoussé les draps. J'avais les jambes toutes tremblotantes, mais pas question d'être une froussarde. C'étaient sans doute papa et Marie qui étaient à la porte avec un sac de plats à emporter, et bientôt on rirait tous d'avoir eu si peur pour rien.

— Viens, Milo. On va voir qui c'est.

J'avais essayé de prendre une voix assurée, mais ça sonnait plus comme un couinement nerveux. Milo a aboyé et a trottiné à mes côtés. J'ai entendu les autres se lever pour me suivre, ce qui m'a fait plaisir. Car si c'était un fou qui se trouvait derrière la porte, je n'avais pas envie d'être seule face à lui. La lueur pâle de la lune s'infiltrait par les fenêtres de la bibliothèque et baignait l'entrée. C'était tout juste suffisant pour nous permettre de naviguer au milieu des débris de meubles et des bagages.

Je m'attendais à ce que la voix de papa nous demande pourquoi on était si longs à venir ouvrir, mais en approchant de la porte, je n'ai entendu qu'une respiration lente.

Il y avait un judas ; je me suis mise sur la pointe des pieds et j'ai regardé par l'ouverture. Personne. Juste une allée vide avec la fine pluie qui se déversait sur le gravier. Mais alors, c'était quoi ces bruits tout à l'heure ? Est-ce que les branches du chêne avaient pu taper à la fenêtre ?

Et puis soudain, une silhouette est apparue. Elle portait un ciré jaune. Sa capuche rabattue plongeait son visage dans le noir. J'ai remarqué qu'elle portait aussi des gants de pêche orange en caoutchouc lorsqu'elle a frappé de nouveau.

— C'est le pêcheur noyé, ai-je dit, incapable de produire plus qu'un murmure.

— Ne rigole pas avec ça, a grondé Tab.

— Je suis sérieuse.

Simon a crié et Dylan s'est mis à pleurer. Quentin a filé vers la bibliothèque et on l'a tous suivi.

Une voix rauque a retenti :

— Je sais que vous êtes là ! Laissez-moi entrer !

J'ai été la dernière à atteindre la bibliothèque. J'ai refermé la porte et je me suis appuyée de tout mon poids contre elle.

— Il faut qu'on se barricade. Je suis très forte en barricades.

— Oui, a chuchoté Tab. J'ai pu voir ça.

— Bonne tactique, a approuvé Paul en faisant les cent pas dans la pièce. Quentin, Tab, faites glisser l'étagère de gauche, là.

De mon côté, j'ai tiré le canapé et Quentin m'a aidée à le pousser contre l'étagère.

Paul s'est frotté le menton.

— Peut-être qu'une étagère supplémentaire sécuriserait mieux la zone.

J'ai soudain entendu un tapotement à ma gauche. La silhouette encapuchonnée tentait de regarder à travers la fenêtre, son visage toujours masqué.

— C'est lui ! a hurlé Simon.

— Il veut nous kidnapper, a pleuré Dylan. On va se noyer et devenir des fantômes comme les marins.

Paul a pointé du doigt une autre étagère.

— Bloquez la fenêtre avec ça avant qu'il ne brise la vitre. Il paraît qu'il est très fort physiquement, vous vous souvenez ?

J'étais sur le point d'acquiescer mais je me suis souvenue que c'était Quentin qui avait inventé ce passage pour son histoire. Tout se mélangeait dans ma tête et je n'arrivais plus à savoir ce qui était vrai ou pas. Je n'avais qu'une seule certitude : il ne fallait pas le laisser entrer.

J'ai attrapé un bord du meuble, Tab a pris l'autre et Quentin nous a aidées.

— Un, deux, trois… soulevez !

On a fait quelques pas incertains en soutenant l'immense étagère qui vacillait au-dessus de nous. Une des planches a glissé et a chuté lourdement.

On était en train de la caler à sa place quand Dylan a hurlé de nouveau. Il pointait du doigt la petite fenêtre sur le côté.

La silhouette encapuchonnée nous épiait. Son visage était si proche que son souffle fantomatique formait de la buée sur le verre.

— Il va nous coincer, a gémi Dylan. On ne pourra jamais s'échapper.

Paul a foncé vers le canapé et l'a remis en place.

— Aidez-moi à défaire la barricade ! Il faut à tout prix qu'on sorte de là.

J'étais épuisée à force de déplacer des meubles dans tous les sens. Mais je devais continuer, Paul avait raison, il fallait absolument qu'on s'échappe !

CHAPITRE QUATORZE

TAB

Chloé et Paul ont ramené le canapé du salon et l'ont renversé dans l'entrée. En quelques minutes, on avait réussi à bloquer les deux portes et toutes les fenêtres du rez-de-chaussée.

— Excellent travail, soldats, a approuvé Paul une fois qu'on s'était tous accroupis derrière le canapé. La zone est sécurisée.

— Il va quand même entrer, a pleurniché Dylan. On va tous mourir.

— Reprends-toi, lui a chuchoté Paul. Si tu te laisses envahir par la peur, l'ennemi a déjà gagné.

Le vent a redoublé, jouant une horrible mélodie à travers les fissures dans les murs. J'avais la bouche pâteuse, comme si j'étais sur le point de vomir. Je voulais partir de ce maudit pays avec ses pannes de courant et ses fantômes tueurs.

— LOLA ? a appelé Chloé en mettant ses mains en porte-voix.

Pas de réponse. Même dans une situation de crise comme celle-là, le Dragon ne nous aiderait pas. Elle était probablement en train de se la couler douce sur son lit, son casque sur les oreilles, scotchée à son téléphone, comme d'habitude.

— Il faut penser comme l'ennemi, a déclaré Paul. Que ferait le pêcheur noyé dans cette situation ?

— Il nous kidnapperait et nous attacherait dans sa cave, a marmonné Simon.

— Les gars, j'ai tout inventé, est intervenu Quentin. Réfléchissons avec logique. Que savons-nous vraiment de ce fantôme ?

Paul a bondi.

— Tu as raison, soldat. Félicitations pour avoir su garder les pieds sur terre. Allons demander au pêcheur noyé ce qu'il veut. Il faut toujours essayer de discuter avant d'en arriver au combat.

— Tout ce qu'il veut c'est t'étrangler avec ses mains en caoutchouc ! s'est écrié Dylan en se recroquevillant.

— C'est clair ! a renchéri Simon. Tu crois sérieusement que tu peux négocier avec un fantôme ? Il veut capturer nos âmes !

— Eh bien, moi je pense que les fantômes sont des incompris, a insisté Paul.

Je n'ai pas pu m'empêcher de me moquer :

— Oh, oui ! je suis sûre qu'il a juste envie de discuter de la météo et de la pêche au maquereau avec nous. Non mais sérieux, je suis d'accord avec les jumeaux. Restons ici jusqu'à ce qu'il parte. Après, on pourra tous aller se coucher et oublier tout ça.

— Je n'arriverai jamais à dormir s'il y a un fantôme dans le coin ! a protesté Dylan.

Quentin s'est levé au côté de Paul.

— Non, c'est la bonne chose à faire. Est-ce que Storm Power s'est caché derrière un canapé quand le basilic enragé a tué son beau-père ?

— Aucune idée, ai-je répondu. Et d'ailleurs je m'en…

— Eh bien non !

Quentin s'est dirigé vers la cheminée du fond et a récupéré le tisonnier.

— Nous tenterons de trouver une solution pacifique, mais si nous échouons, nous devons être préparés au combat.

Chloé s'est levée à son tour.

— Je suis d'accord. Il faut aller vers lui. Ce n'est probablement pas un fantôme de toute façon.

Super. Maintenant il allait falloir que je sorte, moi aussi. Je ne pouvais quand même pas laisser Chloé être la plus courageuse. Et comme les jumeaux ne pouvaient pas rester seuls, on allait se faire étrangler tous ensemble. Sympa comme première sortie en famille !

J'ai forcé Dylan à se relever en tirant sur sa capuche.

— Allez, Dylan, a dit Simon en lui prenant la main. On sera plus en sécurité dehors avec eux que seuls ici.

Paul a entrepris de repousser l'étagère qu'on avait placée devant la porte, mais elle s'est mise à tanguer dangereusement avant de s'écraser par terre avec un bruit atroce.

— Oups. Bon, ben tant pis pour l'effet de surprise.

Il a attrapé la pile de manteaux et nous les a distribués. Dylan tremblait tellement qu'il a fallu que je l'aide à fermer le sien.

On est tous sortis sous la pluie battante. Tandis que je scrutais les alentours pour déceler la trace de notre ennemi, j'ai repéré du coin de l'œil quelque chose qui bougeait sur ma droite.

La pluie me piquait les yeux, mais je distinguais une forme jaune dans l'arbre contre la maison.

— Il est là-bas !

— Qu'est-ce que vous nous voulez ? a demandé Paul. Et pourquoi êtes-vous dans un arbre ?

— Il vole, a pleuré Dylan en se cachant derrière ses mains. Il vole jusqu'à notre fenêtre.

— Il va tâter de ma lame, a assuré Quentin en agitant son tisonnier.

— Euh, les gars, a remarqué Chloé. Je suis à peu près sûre que ce n'est pas lui.

Je me suis frotté les yeux et j'ai mieux regardé. Le drap jaune de Chloé claquait dans l'arbre, toujours coincé là où je l'avais lancé tout à l'heure.

— Fausse alerte, ai-je dit.

Dylan a doucement écarté les doigts qui cachaient ses yeux puis a laissé retomber ses mains.

— Pourquoi ton drap est dans un arbre ? a demandé Simon.

Chloé m'a regardée un instant mais a sagement décidé de ne pas en rajouter.

— Il s'est envolé par la fenêtre.

Paul a sauté pour attraper mon oreiller détrempé sur une des branches. Il en a retiré la taie :

— Ça pourrait être utile.

Soudain, on a entendu Milo aboyer de l'autre côté de la maison.

— Bien sûr, s'est exclamé Paul. Il planifie sûrement son attaque de la grange. Pourquoi n'y ai-je pas pensé avant.

On a rebroussé chemin et on a retrouvé le chien.

— Quel pisteur ! a dit Paul. Nous avons piégé l'ennemi.

Un petit écureuil gris a sauté du toit de la grange pour se réfugier dans l'arbre juste à côté. Milo lui a couru après, tout excité.

— Je ne crois pas que c'était le pêcheur noyé qu'il traquait, a commenté Chloé.

— Il sert à rien ce chien ! me suis-je énervée.

On avait été assez stupides pour imaginer que ce boulet pouvait nous sauver. Mais il fallait qu'on se débrouille tout seuls.

Quand Paul a passé l'angle de la maison, il s'est arrêté et s'est tourné vers nous, l'index posé sur les lèvres. On s'est approchés à pas de loup.

La silhouette au ciré jaune se tenait contre la façade, elle épiait le balcon. À mon avis, elle cherchait un moyen d'entrer.

— On va prendre ce fantôme en tenailles, a chuchoté Paul.

— Mais on n'a pas de tenailles ! ai-je protesté.

— En plus, ce n'est pas forcément le plus pratique pour se battre, a soutenu Chloé.

— Vous racontez n'importe quoi, a poursuivi Paul. Le prendre en tenailles, ça veut dire que trois restent là et trois autres font le tour de la maison pour le prendre à revers. Comme ça, il ne pourra pas s'échapper. Quentin, va avec Tab et Dylan de l'autre côté. Je reste ici avec Chloé et Simon.

Génial ! Chloé avait un bien meilleur groupe que moi. Elle avait le grand frère et le plus courageux des jumeaux. Si le pêcheur noyé décidait de foncer sur mon équipe, il n'y aurait que moi pour le contrer.

— Je veux que Simon vienne avec nous, s'est plaint Dylan. Je suis nerveux quand on est séparés.

— Très bien, a dit Paul. Quentin, va avec les jumeaux, je prends Tab et Chloé.

— Tu ne peux pas me laisser seul avec les jumeaux, a protesté Quentin. On ne fera jamais le poids face au pêcheur noyé.

— Bien sûr que si, a affirmé Simon. Regarde.

Il a mimé un coup de pied de karaté et a crié : « Prends ça ! »

L'homme au ciré a tourné la tête. Un frisson a parcouru l'intégralité de mon corps, me faisant totalement oublier ma fatigue.

— Oups, a fait Simon. Je crois qu'il a entendu…

— Il nous a repérés, a soufflé Paul. Plan B. À l'attaque !

Il a brandi la taie d'oreiller et a chargé en hurlant. L'homme a levé les bras et a reculé, mais Paul n'a pas ralenti. Il lui a glissé la taie sur la tête puis l'a mis à terre.

Nous avons tous accouru. Quentin et Chloé ont attrapé ses bras, Simon et moi ses jambes. Dylan était quelques mètres en arrière, encore tremblant. Paul s'est accroupi à côté de notre prisonnier et a saisi le haut de sa capuche. J'avais la nausée rien que d'imaginer son visage sur le point d'être révélé. Je voyais déjà ses traits burinés, ses dents cassées, ses yeux perçants remplis de haine…

Paul a retiré la taie, puis a baissé la capuche d'un coup sec.

J'ai poussé un cri de surprise.

Ce n'était pas le pêcheur noyé. C'était Ben.

On l'a tout de suite relâché et il s'est relevé.

— Désolé mon pote, s'est excusé Paul en se massant l'arrière du crâne, embarrassé. On pensait que tu étais... un intrus...

Alors que Ben essuyait une tache de boue sur son imperméable, Chloé s'est mise à fixer ses mains, fascinée. Elle était trop bizarre cette fille.

— C'est pas grave, a fini par dire Ben. C'est vrai que je devais avoir l'air d'un cambrioleur. Mais j'ai essayé de frapper à la fenêtre et vous n'avez pas voulu me laisser entrer. Du coup, j'ai essayé l'autre porte.

— Pour être tout à fait francs, on pensait que tu étais le pêcheur noyé et que tu étais venu nous kidnapper, ai-je avoué.

Je devais sembler tellement ridicule en disant ça. Ben a regardé son imperméable jaune et a rigolé.

— Je n'allais pas sortir par un temps comme ça sans mon ciré !

— Est-ce que je peux voir tes mains ? a demandé Chloé.

Je me suis dit que si c'était une espèce de tentative de drague, c'était bien pourri. Ben s'est exécuté.

— La personne que j'ai vue à la porte avait des gants en caoutchouc, a affirmé Chloé. Ce n'était pas toi.

Dylan a poussé un cri d'effroi.

— Bon, Chloé, a fait Paul. Fini de jouer maintenant. Tu es en train de faire peur à Dylan.

— Je ne mens pas. Et c'était une voix plus âgée à la porte, pas celle de Ben. Il doit y avoir quelqu'un d'autre dans les parages.

Simon a pris une bouffée de son inhalateur et a passé son bras autour du cou de Dylan.

— Je n'ai vu personne, a répondu Ben.

C'était une occasion en or de le mettre de mon côté et de faire passer Chloé pour une folle.

— Tu t'es probablement fait des films. On s'est tous un peu enflammés.

— Non. Je sais ce que j'ai vu.

Ben m'a regardée, alors j'ai essayé de remuer mes cheveux. Mais ils étaient trempés. Résultat : ils se sont collés sur mon front en une espèce de masse informe. Changement de tactique. J'ai posé ma main sur la manche de Ben et j'ai souri.

— Alors, pourquoi tu es venu ?

J'espérais vraiment qu'il allait avouer que c'était pour me voir. Ça m'aurait tuée qu'il dise que c'était pour Chloé.

— Je voulais juste voir si vous étiez encore debout, pour passer du temps avec vous.

— Avec plaisir ! Peut-être qu'on devrait s'abriter un peu. Entre, tu pourras te sécher.

J'ai emmené Ben jusqu'à la porte.

— Un problème de lumière ? a-t-il demandé en entrant.

— Chloé a fait sauter les plombs.

— J'essayais d'allumer la télé, a-t-elle corrigé en me poussant pour se rapprocher de Ben. Mais on a réussi à trouver des bougies.

Tout le monde s'est secoué avant de rentrer pour ne pas inonder la maison.

— J'avais apporté des trucs à grignoter, mais ils doivent être écrabouillés maintenant, a dit Ben.

Il a vidé son sac sur le sol. Dans la pénombre, j'ai distingué des barres chocolatées tout aplaties, des paquets de chips éclatés et des sandwichs maison écrasés.

— Super ! a crié Simon.

Il s'est emparé d'une barre, l'a ouverte et a léché le chocolat resté collé à l'emballage.

J'ai laissé les autres se jeter sur le tas de nourriture avant de choisir un sandwich et de déchirer la cellophane autour. A priori, il contenait du fromage, du concombre et de la laitue. Parfait ! Aucune trace d'animal mort. J'en ai pris une bouchée. Écrasé ou pas, c'était excellent. Je n'avais pas envie de m'empiffrer devant Ben, mais ça faisait si longtemps que je n'avais pas mangé que je l'ai englouti en deux secondes.

J'étais sur le point d'en subtiliser un autre quand un rectangle de lumière blanche a éclairé l'entrée. Quelque chose vibrait sur le bureau de la réception.

Le téléphone de Lola.

Je suis allée le chercher. Tout ce temps, on l'avait suppliée de nous le prêter, et maintenant elle le laissait traîner n'importe où !

C'était écrit « Papa ». J'ai décroché. Toutes les têtes se sont tournées vers moi.

— Lola ? a demandé Carl. Comment ça va ?

— C'est Tab. Lola m'a permis d'emprunter son téléphone.

— C'est gentil de sa part. J'imagine qu'elle s'est bien occupée de vous alors.

— Oui, oui.

(Je suis plutôt bonne menteuse.)

— Bon et alors, tout va bien à la maison ? J'espère qu'elle ne s'est pas écroulée, par ce temps !

Il a ri, et j'ai grimacé. À la lumière de l'écran, je voyais les barreaux de la rambarde brisés, la table cassée en deux, le canapé retourné. Mais le *bed and breakfast* était toujours debout.

— Tout va bien.

(Vraiment, je suis très bonne menteuse.)

J'ai entendu maman murmurer quelque chose.

— Oui, je vais demander, a dit Carl. On voulait juste s'assurer que les jumeaux étaient bien couchés.

J'ai regardé Simon et Dylan. Ils étaient tous les deux en train de lécher les vestiges de chocolat sur les emballages des barres.

— Ils dorment profondément. On ne les a pas entendus depuis un long moment.

— Très bien. Bon, écoute, on a eu un petit pépin…

— Vraiment ? Quoi ?

Les autres me scrutaient, alors j'ai essayé de ne rien laisser transparaître. Mais c'était difficile, surtout que je commençais à paniquer. Tout le monde s'est arrêté de manger.

— La marée est trop haute pour qu'on traverse cette nuit. Alors on a dû prendre un hôtel en ville.

D'accord. Il allait donc falloir survivre encore cette nuit avec seulement Lola pour s'occuper de nous. C'était possible. Je crois.

— Mais ce n'est pas tout, a soupiré Carl. Il y a eu un problème avec la ferme. La vente est tombée à l'eau, on ne pourra pas y emménager. Mais impossible de retourner dans mon ancienne maison, elle est déjà vendue.

Mon cerveau s'est mis à bouillonner.

— Du coup, où est-ce qu'on va vivre ?

— On a dû rappeler les promoteurs.

Oh non ! J'avais un mauvais pressentiment.

— Pour le moment, on va vivre dans le *bed and breakfast.*

J'ai essayé d'assimiler la nouvelle. Cette baraque humide et croulante allait devenir notre maison ? Ça paraissait impossible.

— Tu as entendu ce que j'ai dit, Tab ?

Je me suis rendu compte que je n'avais pas répondu.

— Oui. Et ça va durer combien de temps ? Une semaine, un truc comme ça ?

— Jusqu'à ce qu'on trouve un autre endroit. Je ne sais pas quand ce sera. Acheter une maison, c'est toujours compliqué.

J'ai levé les yeux vers les autres en essayant de garder un visage neutre.

— D'accord. Merci d'avoir appelé. À plus.

J'ai raccroché, la lumière du téléphone s'est adoucie.

— Alors ? m'a pressée Paul.

Maman et Carl ne revenaient pas tout de suite et on allait être prisonniers de cette maison bancale pour encore des semaines, peut-être des mois. Je ne savais pas comment le leur annoncer.

Du coup, j'ai regardé le champ de ruines autour de moi et j'ai dit :

— Ça va barder quand maman et Carl vont rentrer…

CHAPITRE QUINZE

TAB

J'ai regardé ma montre. On approchait de 4 heures du matin, ce qui voulait dire qu'il était 20 heures en Californie. Pourtant, aucun de ces deux horaires ne me paraissait être le bon. Je n'avais déjà pas beaucoup dormi dans l'avion, ni dans la voiture, mais en plus, on avait passé presque toute la nuit à nettoyer la maison avant le retour de maman et Carl. J'étais épuisée, les yeux me piquaient, mais je luttais chaque fois que je sentais mes paupières se fermer.

La présence de Ben me motivait. Faire le ménage dans une maison en ruine, ce n'était pas terrible comme premier rendez-vous, mais c'était cool de parler avec lui, surtout quand Chloé n'était pas dans les parages.

Elle, Quentin et Paul avaient nettoyé la cuisine, réarrangé les fauteuils, le canapé et les coussins dans le salon. Ben et moi, on avait remis en place les différentes étagères de la bibliothèque et balayé les morceaux du vase brisé, ainsi que les restes de la table. Les jumeaux étaient partis se coucher, et aucun de nous n'avait essayé de les forcer à rester pour nous aider.

La motivation du début de la nuit nous avait quittés, maintenant on frottait mollement les traces de feutre sur le papier peint avec des serviettes, en pestant contre les jumeaux. Le vent et la pluie avaient cessé dehors, la maison paraissait calme et reposée – enfin, si on faisait abstraction de la voix de Chloé la pipelette dans la cuisine…

J'ai reculé d'un pas pour observer le papier peint. Il y avait toujours une légère trace jaune, mais si on ne regardait pas précisément à cet endroit, on n'y voyait que du feu.

— Eh ben voilà, ai-je dit. Elle m'a l'air pas si mal maintenant, cette vieille maison.

— Il y a quand même la rambarde, a objecté Ben. Et la table. Et le papier peint déchiré. Et le rideau qui manque. Et le vasistas là-haut.

— Non, bien sûr, mais à part ça. Franchement, déjà, on n'a pas mis le feu, on n'a pas tout inondé…

Comme par hasard, juste à cet instant, une flaque d'eau a commencé à se répandre dans la pièce, elle venait de la cuisine. Je me suis précipitée pour aller voir. Chloé, Quentin et Paul se débattaient avec l'évier, où le robinet manquait. Quentin avait les mains rivées au tuyau pour tenter d'en boucher l'entrée, mais l'eau s'échappait entre ses doigts.

— Qu'est-ce qui s'est passé ? ai-je crié.

— Je ne sais pas, a répondu Quentin. Je l'ai trouvé comme ça.

Chloé courait dans tous les sens sur le sol trempé. Elle fuyait mon regard, ce qui signifiait sûrement qu'elle n'était pas étrangère au désastre. Le robinet avait volé à l'autre bout de la pièce. Quelqu'un devait bien savoir ce qui était arrivé.

— Il nous faut une serpillière, a gémi Chloé. Où sont les serpillières ?

— Dans le placard, là, a répondu Paul en filant vers la porte au bout de la pièce.

— Non ! a hurlé Quentin. N'ouvre pas !

Mais Paul a ouvert. Un balai est tombé et quelque chose s'est échappé. Une petite forme aux ailes parcheminées et à l'horrible tête de rat.

— Vlad ! s'est écrié Quentin.

Il a lâché l'évier pour tenter de rattraper la créature. Un énorme jet d'eau s'est aussitôt mis à cracher derrière lui.

— Non, Quentin ! a protesté Chloé. L'évier !

— C'est qui, Vlad ? a demandé Paul.

— C'est ma chauve-souris domestique !

Chloé a bouché la fontaine et a hurlé quand le jet d'eau s'est dirigé directement dans sa manche. Quentin avait toujours les yeux levés vers Vlad, et Paul, qui s'attaquait à la piscine, armé de son balai et de sa serpillière, lui est rentré dedans. Ils sont tous les deux tombés dans la flaque.

Un aboiement a retenti. Milo a débarqué avec l'air de dire que lui aussi voulait s'amuser dans l'eau.

— Non, non, non ! ai-je rugi.

La dernière chose dont on avait besoin, c'était qu'il aille mouiller la maison. J'ai essayé de l'attraper, mais il s'est enfui.

Vlad est parti dans le hall d'entrée, poursuivi par Milo et Quentin. En un clin d'œil, le sol que j'avais passé une heure à astiquer a été recouvert de traces de pas humides.

— Arrête-le ! ai-je hurlé en me précipitant derrière eux. Oublie ta chauve-souris et empêche Milo de monter à l'étage !

Quentin m'a ignorée et s'est engouffré dans l'escalier à toute vitesse. Milo s'est arrêté pour se secouer, comme par hasard juste devant le papier peint, puis il est reparti.

Paul est sorti en titubant. Sa serpillière ne faisait qu'étaler de l'eau sale par terre.

— Tout notre travail est ruiné ! ai-je râlé. Cette pièce était parfaite il y a deux minutes !

— Nous aussi, on a beaucoup travaillé dans la cuisine, a dit Paul. Elle était en bon état avant ce petit incident.

— Va falloir que je te croie sur parole, lui ai-je répondu en regardant Chloé toujours aux prises avec sa fuite d'eau. Tout comme il faudra que je croie Chloé sur parole si elle me dit qu'elle ne sait pas comment le robinet s'est retrouvé dans cet état.

— Je ne sais pas ! Arrête de toujours t'en prendre à moi.

Pendant ce temps, Milo était redescendu. Il a sauté sur Ben avec ses pattes sales. Son jean était fichu. Même en frottant, ça ne partirait pas. Avec un grognement de découragement, Ben s'est pris la tête dans les mains.

— Je ferais mieux de partir.

Il s'est dirigé vers le tas de manteaux devant la porte pour enfiler son imperméable jaune.

— Attends ! l'ai-je arrêté. Reste. Il y a encore du ménage à faire.

Je me suis rendu compte que ce n'était pas la meilleure chose à dire, alors j'ai tenté de me rattraper.

— Ou sinon, on peut juste passer un peu de temps ensemble, ou je sais pas. S'il te plaît ?

Ben a regardé sa montre.

— Il est presque 5 heures du mat'. Si mes parents se réveillent tôt et qu'ils voient que je ne suis pas là, ils vont criser.

Ben a ouvert la porte puis a disparu dans l'obscurité. Super. J'avais complètement raté mon coup. Non seulement il était parti, mais en plus j'avais réussi à me montrer désespérée.

— Il serait resté si tu avais été correcte avec lui, a dit Chloé depuis la cuisine.

Vlad, Milo et Quentin ont traversé la pièce pour rentrer dans la bibliothèque, que j'avais passé des siècles à nettoyer.

Je n'en pouvais plus. J'avais fait de mon mieux pour arranger les choses, mais là, j'étais trop fatiguée. Lola était censée s'occuper de nous, il était temps qu'elle bouge un peu ses fesses. Je m'en fichais de la réveiller. J'allais lui faire prendre ses responsabilités, puis j'irais me coucher dans le grenier et dormir une décennie ou deux.

En montant l'escalier, j'ai essayé de ne pas faire attention aux millions de taches de saleté qui étaient apparues depuis que j'avais tout lavé. J'ai frappé à la porte de Lola.

Pas de réponse.

J'ai frappé plus fort.

— Lola ! Réveille-toi ! Il faut que tu nous aides ! Tu es censée être la responsable, tu te souviens ?

Toujours pas de réponse. Elle dormait donc. J'allais devoir entrer et la secouer. Ce qui revenait plus ou moins à jouer avec un nid de guêpes.

J'ai ouvert la porte. Le lit de Lola était vide.

— Lola ?

Aucun signe d'elle dans aucune des chambres. J'ai même essayé le grenier, au cas où elle aurait décidé de se l'accaparer.

Quand je suis redescendue à la cuisine, Quentin était parvenu à flanquer Vlad dans son placard et maintenait la porte fermée. Milo lui aboyait dessus tandis que Paul essuyait ce qu'il pouvait. Chloé avait réussi à stopper les grandes eaux en trifouillant quelque chose sous l'évier.

— Vous avez vu Lola ?

Non collectif.

— J'ai cherché partout.

— Tu crois qu'elle est rentrée pour voir Sébastien ? s'est inquiétée Chloé. Peut-être qu'il n'allait pas bien après le message qu'on a envoyé en faisant croire qu'elle se séparait de lui.

Paul s'est arrêté et a pivoté vers nous.

— Vous avez fait quoi ?

C'est vrai que ça paraissait méchant, dit comme ça. Et c'était méchant, j'imagine. Mais Lola n'avait pas non plus été parfaite. Nous abandonner ici n'était qu'un autre exemple de son égoïsme.

— On a juste écrit ça pour rigoler, a expliqué Chloé. Mais on l'a envoyé sans faire exprès.

Paul nous regardait en secouant la tête. Quentin avait l'air assez dégoûté lui aussi. Même Milo semblait nous juger. Je ne savais pas si Vlad levait les yeux au ciel dans son placard, mais je m'en fichais.

— Vous êtes spécialistes de la poussée de bouchon sur de trop grandes distances, hein ? a fait remarquer Quentin.

J'ai tenté de me justifier :

— C'est la pire baby-sitter au monde ! En plus, elle était méchante avec nous. Je vais vous montrer.

Je suis allée chercher le téléphone de Lola sur le bureau de la réception et je suis revenue avec. J'ai fait défiler ses messages pour trouver celui où elle disait qu'on était insupportables. J'en ai lu d'autres en passant :

Faut que j'y aille, je dois trouver à manger pour les petits sinon ils vont mourir de faim xx

J'ai repensé au sac plastique rempli de sandwichs, de chips et de yaourts. On s'était dit que maman et Carl l'avaient déposé ici, mais en fait, ça ne paraissait pas très logique. Ils nous l'auraient dit s'ils nous avaient laissé à manger. Ce devait être Lola. Elle avait dû se rendre au magasin du coin pour s'assurer qu'on ait quelque chose à se mettre sous la dent. C'était plutôt gentil de sa part.

J'ai continué de lire et j'ai vu un autre message :

Ça m'a crevée de faire tous les lits. J'arrive pas à croire que papa m'ait laissée tout faire toute seule grrr

Oh ! D'accord. Alors c'était comme ça que les draps étaient apparus. Je ne m'étais pas vraiment posé la question, ça me paraissait normal que les lits soient faits. Ça n'avait pas dû lui faire trop plaisir de voir un drap jeté par la fenêtre.

— En fait, elle n'est peut-être pas la pire baby-sitter du monde, ai-je concédé. Elle a fait pas mal de choses. C'est juste qu'elle ne nous a rien dit.

J'ai entendu les marches grincer. Simon est arrivé en se frottant les yeux, un morceau de papier à la main. Il était en pyjama, et surtout pieds nus : il a regardé la flaque dans laquelle il marchait sans comprendre.

— Retourne te coucher, lui ai-je dit. Tu vas attraper froid.

— Je me suis levé pour aller aux toilettes. Mais j'ai trouvé ce mot. Il a dû tomber de la rambarde.

Il m'a tendu le papier et je l'ai lu à voix haute.

J'essaie de réparer l'électricité. Je suis partie au phare pour trouver un fusible.

Lola

Bon, apparemment, Lola nous avait dit où elle allait. Peut-être qu'elle ne nous avait pas abandonnés finalement.

— Le phare ? a répété Paul. Pourquoi est-ce qu'elle irait là-bas en pleine nuit ?

— C'est sûrement le premier endroit auquel elle a pensé, a dit Chloé. Comme elle ne croit pas au pêcheur noyé, elle ne sait pas qu'il ne faut pas y aller.

— Oh non ! s'est exclamé Quentin. Elle a filé droit dans ses griffes !

Il avait raison. Si seulement Lola nous avait parlé de son plan, on aurait pu la prévenir. J'imaginais déjà les doigts desséchés du fantôme se refermer sur son cou…

— Ça fait des heures qu'il n'y a plus d'électricité, a dit Chloé. Elle est sûrement partie au début de la nuit.

Un frisson glacé m'a parcouru le dos. Si Lola n'était pas rentrée après tout ce temps, il lui était forcément arrivé quelque chose. Peut-être qu'elle s'était perdue dans les bois, ou qu'elle était tombée de la falaise à cause de la pluie, de l'obscurité et du vent. Et si elle avait survécu à tous ces dangers et qu'elle était arrivée au phare… quelque chose de pire encore avait pu se passer.

— Elle va se faire enchaîner dans la cave, a gémi Simon. L'eau va monter et la noyer.

— Je le dis et je le répète, c'est moi qui ai inventé cette partie de l'histoire, a insisté Quentin. Cela dit, je n'aime pas ça du tout.

Va réveiller ton frère. On ne peut pas le laisser ici.

— Pourquoi ? a demandé Simon. On va où ?

— On va au phare, a répondu Chloé. Pour aller chercher Lola.

Quentin est reparti décrocher son arme préférée à côté de la cheminée. Paul nous a tendu nos imperméables et a aidé les jumeaux à enfiler leurs chaussures. Comme Dylan était encore à moitié endormi, il n'a même pas bronché quand on lui a dit où on allait. Il s'est contenté de suivre Simon. Chloé a ouvert la porte en grand et on l'a suivie. La pluie avait cessé et une fine bande de ciel pâlissait à l'horizon. Les graviers étaient toujours trempés, il y avait des flaques un peu partout.

Tout à coup, Chloé a poussé un cri et je me suis précipitée vers elle. J'ai suivi son regard rivé au sol.

Un gant en plastique.

— On n'a pas dû le voir dans le noir, a-t-elle chuchoté. Ça prouve que je ne l'ai pas rêvé. Le pêcheur noyé est bien venu cette nuit. Il est bien réel.

— Vite ! nous a pressés Paul en se mettant à courir. Il faut sauver le soldat Lola.

J'étais si fatiguée que j'étais tout engourdie. Pendant un instant, je me suis demandé si j'aurais l'énergie de les suivre. Pourtant, je me suis surprise à courir sur le gravier glissant.

En espérant qu'on n'arriverait pas trop tard.

CHAPITRE SEIZE

CHLOÉ

On a suivi Paul à travers la forêt. Quentin et Milo étaient devant moi, tandis que Tab restait en arrière avec les jumeaux. Dylan était bien réveillé maintenant, puisqu'il geignait en regardant autour de lui.

J'avais envie de pleurer, moi aussi. Les arbres sombres semblaient se pencher sur nous, prêts à nous attraper avec leurs branches. Le vent s'était arrêté, mais l'air salé était glacé, tout comme les flaques qu'il était impossible d'éviter. C'était effrayant, et savoir que le pêcheur noyé nous attendait au bout du chemin rendait la situation encore plus terrifiante.

Quand on a atteint le bord de la falaise, le ciel commençait doucement à rosir. C'était presque l'aube. Tant mieux. On aurait besoin de lumière pour gagner le phare en toute sécurité.

Paul s'est arrêté à l'entrée d'un sentier et s'est tourné vers nous :

— Dépêchez-vous !

Puis il est descendu et a disparu. Le chemin était taillé à même la roche, avec des sortes de marches qui zigzaguaient jusqu'à une plage de sable humide.

Dans ma précipitation, j'ai glissé sur une pierre. J'étais à deux doigts de basculer dans le vide et, quand j'ai lancé un regard en bas, mon estomac s'est retourné. La lumière grandissante faisait apparaître des rochers noirs dentelés en contrebas.

Je me suis obligée à me détendre et à oublier ce qu'avait dit Paul. Non, il ne fallait pas se dépêcher. Car sinon, Lola ne serait plus la seule à avoir besoin d'être sauvée.

— Attention, tout le monde ! ai-je prévenu.

Mais Paul et Quentin étaient déjà trop loin devant. Juste derrière eux, Milo n'avait évidemment aucune idée de la gravité de la situation. Il sautillait et jouait avec des cailloux. J'espérais qu'il n'allait pas encore avoir des envies de plongeon.

Derrière moi, les jumeaux avaient du mal à suivre. Dylan avançait en mettant toujours les deux pieds sur la même marche pendant que Simon lui tenait la main. Tab essayait de les distraire en chantant une chanson, et j'ai remarqué avec plaisir qu'elle reprenait *Hello, Goodbye.*

Sa voix semblait nerveuse. Je n'étais donc pas la seule à stresser… Mais c'était une bonne idée de chanter, alors je me suis jointe à eux. Même s'ils ne m'entendaient probablement pas.

Je suis arrivée enfin en bas. Le ciel continuait de s'éclaircir peu à peu, une lueur orangée se reflétait dans les flaques. Devant, les garçons avaient ralenti : ils examinaient des traces de pas dans le sable mouillé. Quentin les désignait avec son tisonnier et attendait un hochement de tête de Paul pour avancer jusqu'à la suivante.

Je les ai rattrapés près d'un rocher noir. Les empreintes de Lola s'arrêtaient dans une zone où le sable semblait avoir été retourné.

— Il s'est passé un truc ici, a dit Paul. On dirait des traces de lutte.

Mon cœur s'est mis à battre trois fois plus vite. Ça confirmait mes pires craintes concernant le sort de ma sœur.

Tab et les jumeaux sont arrivés. Simon s'est plié en deux pour mieux respirer, puis nous avons tous examiné les traces.

— J'ai trouvé quelque chose, a fait savoir Quentin un peu plus loin. D'autres traces de pas. Elles viennent du phare.

— Le pêcheur noyé a dû fondre sur Lola, puis il l'a emmenée à l'intérieur, en a conclu Paul.

— Elle est prisonnière, a renchéri Tab. Maintenant c'est sûr.

— Allons attaquer le phare, ai-je déclaré d'une voix bien plus assurée que je ne l'étais réellement. Ce zombie ne peut pas nous battre tous en même temps, même s'il est très fort.

— Attendez, a objecté Dylan. Et s'il nous kidnappe ? Ce ne serait pas mieux d'aller voir la police et de revenir ici ?

— Pas le temps, ai-je insisté. Il faut agir tout de suite.

J'ai chargé et les autres ont suivi.

Le phare était bâti sur un rocher entouré de sable. On s'est frayé un chemin jusqu'à son étroite porte rouge, puis on a échangé des regards nerveux.

— Tu crois qu'il faut frapper ? a demandé Quentin.

— Non, ai-je répondu en leur passant devant.

— L'effet de surprise, a confirmé Paul en me voyant faire. Bien sûr.

J'ai saisi la poignée, puis j'ai hésité. Mon cœur battait à tout rompre et ma respiration était saccadée. Mais il fallait le faire, quoi qu'il puisse se cacher de l'autre côté.

J'ai ouvert la porte. À l'intérieur, une pièce circulaire avec un escalier en métal sur la gauche. Il y avait un portemanteau sur la droite, d'où pendait un imperméable bleu familier.

— Lola est ici, quelque part, ai-je chuchoté. Tout comme le pêcheur noyé.

Un autre imperméable, jaune celui-là, était accroché juste à côté de celui de Lola. Du bout de son tisonnier, Quentin a pointé un fauteuil qui nous tournait le dos. Un bras dépassait de l'accoudoir et pendait sur le côté.

J'avais la bouche sèche, et quand j'ai voulu parler, tout ce qui est sorti, c'est un couinement rauque. J'ai tenté une nouvelle fois :

— Qu'est-ce que vous avez fait d'elle ?

La forme dans le fauteuil s'est retournée. J'allais enfin découvrir quelle était cette créature terrifiante qui se cachait sous son ciré jaune.

J'ai poussé un cri de surprise. C'était Lola. Elle a souri et a fait pivoter le fauteuil pour nous faire face.

— Tu es vivante, a dit Paul.

— J'espère bien ! a ri Lola. Ça se saurait si on pouvait mourir en se foulant la cheville !

Quentin a fait un pas à l'intérieur, lui aussi.

— Il faut que tu viennes avec nous avant que le pêcheur noyé ne soit de retour.

— Il pourrait être n'importe où, a ajouté Tab.

— Il est juste là ! a hurlé Paul en pointant du doigt l'escalier.

J'ai tourné la tête et j'ai vu descendre une grande silhouette. C'était une femme aux cheveux gris et bouclés. Elle était vieille, mais ce n'était clairement pas un fantôme et elle n'avait pas l'air de vouloir nous voler nos âmes. Elle nous souriait chaleureusement.

— Ce n'est pas un pêcheur, c'est une pêcheuse ! s'est écrié Paul. On s'en va ! Allez, allez !

Simon et Dylan ont joué des coudes pour voir la femme.

— Vite ! a dit Quentin en brandissant son tisonnier. Je vais la repousser pendant que vous vous échappez.

— Vous vous amusez bien ? a demandé la femme, toujours tout sourire. Parce que vous avez l'air de jouer à un jeu passionnant.

— Elle s'appelle Elizabeth, a dit Lola. Ne me dites pas que vous avez peur d'elle.

J'avais déjà vu cette femme quelque part, mais je n'arrivais pas à savoir où.

Quand elle est arrivée à notre hauteur, on a tous reculé d'un pas.

— Dites bonjour, a sifflé Lola. Ne soyez pas malpolis. Elle a été très gentille avec moi. Elizabeth connaissait papa quand il habitait ici.

Ça y est, je me souvenais ! C'était la femme sur la photo de papa et de sa famille. Elle était bien plus âgée maintenant, bien sûr, mais c'était elle, sans aucun doute.

— Il m'a dit que je pouvais l'appeler si j'avais besoin de quoi que ce soit, a continué Lola. C'est pour ça que je suis venue ici pour chercher un fusible. Mais apparemment, ce n'est pas une super idée de se balader dans le noir sur une plage pleine de rochers. Je me suis tordu la cheville et Elizabeth est venue m'aider.

— Vous avez tellement de chance de vous avoir les uns les autres, les enfants, a dit Elizabeth. J'adorais moi aussi jouer avec mes frères et sœurs sur la plage et sur les falaises. Et quand je vivais dans le *bed and breakfast*, j'aimais regarder votre père jouer avec ses sœurs également.

— Vous devriez venir nous rendre visite, ai-je dit. Quand papa sera rentré. Je parie que vous connaissez de bonnes histoires, comme celle du pêcheur noyé ! Vous pourriez être une sorte de membre d'honneur de la famille. On est déjà si nombreux qu'une personne de plus ne fera pas de différence.

— Oui, a renchéri Tab, venez avec nous.

— Pourquoi pas ? Je m'en réjouis d'avance !

Lola s'est relevée de son fauteuil.

— Je pense qu'on devrait y aller maintenant. On vous a suffisamment dérangée, Elizabeth.

— Pas du tout. J'ai été heureuse d'avoir un peu de compagnie. Mais si tu dois rentrer au gîte, je vais t'aider.

Elle a posé son bras autour de Lola et l'a guidée jusqu'à la porte, saisissant son imperméable jaune au passage. Tab a écarquillé les yeux.

— C'est vous que j'ai vue dans le phare ! Je pensais que vous étiez le pêcheur noyé.

Elizabeth a souri.

— Et bien sûr, c'est vous qui êtes passée nous voir cette nuit, ai-je ajouté. Avec votre ciré jaune et vos gants en caoutchouc.

Le sourire s'est effacé du visage d'Élizabeth.

— Je ne vous ai pas rendu visite cette nuit.

J'ai senti un picotement dans mon dos. Les autres sont restés sans voix.

— Mais alors… c'était qui ?

Elizabeth s'est tournée vers l'escalier en colimaçon.

— Je connais l'histoire du pêcheur noyé. Et par moments, je jurerais presque sentir une espèce de... présence dans le phare. Une fois, j'ai vu une silhouette sombre passer devant la porte, habillée d'un coupe-vent et portant des gants de pêcheur.

— Vous voulez dire que le pêcheur noyé est réel ? a demandé Simon.

Il la regardait avec de grands yeux tandis que Dylan se cachait derrière lui pour sucer son pouce. Je m'attendais à voir Elizabeth éclater de rire et expliquer que c'était une plaisanterie. Mais elle s'est contentée de hausser les épaules sans rien dire.

Le soleil se levait quand on est sortis. Venue du continent, la lumière orange frappait la falaise blanche en face de nous. Je m'interrogeais toujours sur le fantôme et sur l'identité de celui qui avait frappé à notre porte cette nuit. Mais l'inquiétude s'estompait au fur et à mesure que le jour chassait la nuit.

J'ai regardé Paul et Quentin marcher sur le sable. Quentin mimait un duel à l'épée avec son tisonnier. Il reproduisait sans doute la scène d'un de ses livres. Derrière eux, les jumeaux et Tab lançaient des bâtons à Milo, qui se transformer peu à peu en boule de sable ambulante. Sable qui allait sûrement finir un peu partout dans la maison.

Je suis restée avec Lola et Elizabeth. La fatigue commençait sérieusement à me peser, mais je me suis dit que je pouvais bien attendre d'avoir atteint la maison pour m'écrouler.

— Je suis désolée qu'on ait été un peu dures avec toi, ai-je bredouillé à l'intention de Lola.

— Un peu ? C'est le moins qu'on puisse dire.

Elle a pris appui sur le mauvais pied et a fait la grimace.

— Doucement, a dit Elizabeth. Pas la peine de se presser.

— Merci d'avoir essayé de réparer l'électricité, ai-je continué. C'était vraiment super de ta part d'avoir fait tout ce chemin pour nous aider.

— Vraiment stupide, oui, a contesté Lola. Je ne sais pas à quoi je pensais, surtout avec ce temps. Et puis vous, au moins, vous ne vous êtes pas blessés.

Milo a rattrapé Quentin et Paul pour leur offrir son bâton. Paul l'a saisi et l'a lancé loin sur le sable. Les autres étaient déjà en train de grimper les marches en pierre. Paul et Quentin ont attendu les jumeaux pour les aider à passer les plus hautes pendant que Milo tournait autour de Tab en secouant la queue.

— Oui, mais toi tu étais toute seule, lui ai-je rappelé. Nous, on l'a fait tous ensemble.

Et soudain, je me suis dit que les choses allaient s'arranger pour notre famille.

CHAPITRE DIX-SEPT

TAB

C'est fou comme tout paraît différent à la lumière du jour. Tout à l'heure, les jumeaux étaient terrifiés par les arbres menaçants. J'avais même essayé de leur chanter la chanson stupide de Chloé pour les calmer. Et maintenant, ils gambadaient devant, tout contents, pour faire la course avec Milo.

Je me sentais bien, moi aussi, pour quelqu'un qui n'avait pas vraiment dormi depuis des jours. Même si j'étais persuadée que j'allais m'effondrer à tout moment.

Nous avons dépassé les derniers arbres et j'ai vu la maison devant nous, baignée de la douce lumière matinale. Elle était plutôt jolie, en fait. Mais ça, je ne risquais pas de l'admettre devant qui que ce soit. À ma droite, je distinguais la ferme de Ben. J'espérais que je n'avais pas tout gâché avec lui. Une fois reposés, on pourrait passer un peu de temps ensemble sans penser au ménage monumental ou à l'agresseur imaginaire. Car j'espérais que l'agresseur avait été imaginaire. Elizabeth avait semblé si sérieuse quand elle avait évoqué cette histoire de fantôme. En même temps, elle vivait toute seule dans une maison étrange. Pas étonnant que son esprit lui joue des tours par moments.

Paul est arrivé à la porte en premier. Il venait de l'ouvrir quand la voiture est arrivée.

— Maman ! s'est écrié Dylan.

— Enfin ! s'est écrié Simon.

— Papa ! a hurlé Chloé.

Les jumeaux ont couru jusqu'à la voiture. Ils sautillaient devant la portière pendant que maman détachait sa ceinture. Elle est sortie et les a tous les deux serrés très fort dans ses bras.

— Qu'est-ce que vous faites dehors à cette heure ? On pensait que vous seriez encore au lit.

Dylan a bâillé et a enfoui sa tête contre le ventre de maman.

— Êtes-vous seulement allés vous coucher ?

— Bien sûr, ai-je répondu.

Et c'était vrai. Simon et Dylan avaient dormi quelques heures. Nous, en revanche…

Carl est sorti de l'autre côté et a observé Paul.

— Tu as l'air très fatigué. Tout s'est bien passé ?

— Le peloton est au complet, a répondu Paul, droit comme un I, les bras derrière le dos.

Carl s'est penché dans la voiture et en a ressorti un sac plastique plein de plats à emporter. Mon estomac a protesté rien qu'à les voir.

— Il va falloir qu'on réchauffe tout ça, a dit Carl. Mais voilà un petit déjeuner original !

Chloé est arrivée à son tour et a couru pour prendre son père dans ses bras. Lola et Elizabeth sont apparues derrière elle.

— Ça va, Lola ? s'est inquiété Carl.

Il s'est approché d'elle et s'est baissé pour regarder sa cheville enflée.

— Qu'est-ce qui s'est passé ?

— Les plombs ont sauté. Et après, ça a été au tour de ma cheville. Mais Elizabeth s'est bien occupée de moi.

Carl a levé les yeux vers Elizabeth. Il s'est redressé d'un bond et lui a serré chaleureusement les deux mains.

— Ça fait tellement plaisir de te revoir ! Merci pour ton aide. Tu n'es quand même pas restée debout toute la nuit pour t'occuper de ma fille, si ?

Elizabeth a haussé les épaules avec un sourire.

— Disons que la nuit a été mouvementée, mais ça fait du bien d'avoir un peu d'animation de temps en temps.

— On pensait que c'était le pêcheur noyé, a expliqué Dylan dans un demi-murmure.

Carl a rigolé.

— Le pêcheur noyé ? Ça me rappelle des souvenirs. Je n'avais pas pensé à cette vieille légende depuis des années, et toi, Elizabeth ?

Elle s'est tournée vers le phare.

— On me la rappelle de temps à autre.

— On croyait qu'il allait venir nous kidnapper comme les quatre enfants qui ont disparu de la maison, a dit Simon.

— Eh bien ça, moi, je suis certain que c'est faux, a rétorqué Carl.

— Pourquoi ? a demandé Quentin.

— Parce que les enfants, c'étaient moi et mes sœurs. On n'a pas disparu, on a déménagé.

Quentin s'est tourné vers Elizabeth.

— Alors c'est la preuve. Toute cette histoire de pêcheur noyé est fausse.

— Je suis sûre que tu as raison, a opiné Elizabeth.

Je ne voulais pas la laisser me faire peur avec ses trucs de fantômes, alors je suis allée retrouver maman. Elle m'a ébouriffé les cheveux, avec Dylan toujours accroché à l'une de ses jambes.

— Ça va, mon sucre d'orge ?

— Oui.

J'étais contente qu'elle soit rentrée, mais j'avais très peur de sa réaction lorsqu'elle découvrirait l'état de la maison. Ce n'étaient pas juste des flaques et des traces de pas. On avait complètement ruiné le bâtiment.

On a franchi le seuil. J'ai regardé la table cassée, la rambarde branlante, et je me suis préparée mentalement.

— Qu'est-ce qui s'est passé ici ? s'est exclamée maman, horrifiée.

— Je peux tout expliquer…

Mais en fait, je ne trouvais rien à dire. J'ai caressé l'idée de tout mettre sur le dos de Milo, mais un petit chien n'aurait pas pu démolir deux barreaux de rambarde et un robinet à lui tout seul.

— Nom de nom ! a renchéri Carl et arrivant derrière nous. Regardez-moi un peu ce chantier.

Maman montait déjà l'escalier en observant les traces de boue, le papier peint déchiré, le feutre sur le mur.

— Comment ça a pu se retrouver dans cet état-là aussi vite ?

Carl s'est penché sur le tas de bois qui fut autrefois une table basse.

— J'espère que j'ai pensé à prendre ma boîte à outils.

— Viens voir par ici ! l'a appelé maman.

Oh, oh. Sa voix provenait de la chambre à la fenêtre brisée.

Je suis montée en vitesse jusqu'à la petite pièce et les autres m'ont suivie. En chemin, j'ai jeté un coup d'œil par la fenêtre et j'ai vu Elizabeth qui retournait à son phare. Si elle était si sûre qu'il était hanté, pourquoi est-ce qu'elle persistait à vouloir y vivre ? Moi, je déménagerais tout de suite. Mais je n'avais pas le temps d'y réfléchir. On s'est tous entassés sur le pas de la porte, tandis que maman regardait le tapis de sol de la tente cloué au plafond. La poche d'eau a bougé quand elle l'a touchée.

— Pourquoi est-ce que vous avez fait ça ?

— Il fallait que je teste ma nouvelle tente, s'est justifié Paul.

Carl s'est avancé pour regarder les dégâts de plus près. J'ai remarqué que sa main tremblait et j'avais peur qu'il s'énerve vraiment très fort contre nous.

Il lançait des regards bizarres à maman en tapotant sa poche arrière.

Et puis j'ai compris que ce n'était pas la colère qui le faisait trembler. Il était nerveux... sans que j'arrive à savoir pourquoi.

— Bon, au moins vous êtes tous en vie, a soupiré maman. Ça va coûter cher en réparations. Mais vous avez tous l'air de vous entendre comme une grande famille.

— En parlant de ça, je voulais te demander quelque chose, a dit Carl.

Il a posé un genou à terre.

J'ai poussé le même cri qu'une préado devant sa star préférée.

Maman a souri et a plaqué ses mains sur sa poitrine.

— Non, mais j'hallucine, ai-je commenté.

Ça ne pouvait pas être vrai.

— Qu'est-ce qui se passe ? a demandé Simon.

— Chut ! lui a répondu Chloé.

Elle était déjà en train d'applaudir, rayonnante, puis elle s'est essuyée le coin de l'œil.

Carl a sorti une petite boîte bleue de sa poche arrière et l'a ouverte. À l'intérieur, il y avait une bague en or sertie d'un petit diamant.

— Veux-tu m'épouser ?

— Non, mais j'hallucine, ai-je répété.

— Bien sûr que oui ! a répondu maman.

Elle a pris la bague et l'a enfilée.

J'étais tellement sidérée que ma mâchoire touchait presque le sol.

Maman souriait derrière les larmes qui coulaient sur son visage. Elle a sorti un mouchoir de sa poche pour les essuyer.

— Ça fait bizarre, a-t-elle murmuré.

Elle trouvait que ça faisait bizarre ? Et pour nous alors ? On venait juste d'arriver dans ce pays, et ils allaient déjà se marier ? Tout allait bien trop vite.

Maman a ouvert les bras et Carl s'est levé pour la serrer contre lui. J'ai essayé de sourire, mais je n'étais pas certaine de ce que je ressentais.

Les jumeaux couraient autour de Carl et maman, imités par Milo. Chloé souriait et pleurait, elle aussi.

Ça ne me semblait pas réel. Bientôt, Chloé allait être officiellement ma demi-sœur. Ou plutôt ma demi-jumelle, puisqu'on était nées le même jour. Ça existait, ça ?

Il fallait que je m'allonge. Je n'avais pas dormi depuis des jours. Peut-être que tout serait plus clair une fois que je me serais reposée.

Soudain, il y a eu un craquement au-dessus de nos têtes. Tout le monde était tellement distrait par ce qui venait de se passer que personne n'a rien vu. Mais moi, si.

La lourde toile pleine d'eau était en train d'arracher les clous du plâtre.

— Paul, ai-je dit. On ne devrait pas essayer de réparer ça ?

Trop tard. Le tapis a achevé d'arracher les clous et s'est vidé intégralement sur maman et Carl, qui ont laissé échapper un hurlement.

Ils se sont essuyé le visage, ont secoué les bras. Et puis leurs cris se sont changés en rires. Tout le monde les a imités.

C'était une famille bizarre. Une famille bizarre dont j'allais faire partie pour toujours. On avait tout juste survécu à une nuit ensemble. Comment est-ce qu'on allait faire pour partager le reste de notre vie ?

Je me suis dit que j'avais tout mon temps pour le découvrir. J'ai senti un sourire se former sur mon visage. Et puis je me suis jetée sur ma famille extra-large pour lui faire un câlin extra-large.

Cet ouvrage composé par
PCA - 44400 REZÉ

Imprimé en France
par Normandie Roto Impression s.a.s.
61250 Lonrai
N° d'impression : 1902084
S26860/01

www.pocketjeunesse.fr
PKJ • POCKET JEUNESSE

MIXTE
Papier issu de
sources responsables
FSC® C003309
FSC
www.fsc.org

Pocket Jeunesse, une marque d'Univers Poche,
est un éditeur qui s'engage pour
la préservation de l'environnement
et qui utilise du papier fabriqué à partir
de bois provenant de forêts gérées
de manière responsable.